最美古诗词书画日课

詩畫中國

叶顶 付青松 编

北京联合出版公司
Beijing United Publishing Co.,Ltd.

清　陈枚　月曼清游图册·碧池采莲

所谓伊人
在水一方

蒹葭

先秦·《诗经》

蒹葭苍苍，白露为霜。所谓伊人，在水一方。

溯洄从之，道阻且长。溯游从之，宛在水中央。

蒹葭萋萋，白露未晞。所谓伊人，在水之湄。

溯洄从之，道阻且跻。溯游从之，宛在水中坻。

蒹葭采采，白露未已。所谓伊人，在水之涘。

溯洄从之，道阻且右。溯游从之，宛在水中沚。

[注释] 蒹葭（jiān jiā）：芦苇。溯洄：逆流而上。湄：岸边，水与草相接的地方。跻（jī）：(路)高而陡。坻（chí）：水中的沙滩。涘（sì）：水边。沚：水中的小块陆地。

明 陈洪绶 杂画图册·夔龙补衮图

执子之手
与子偕老

击鼓

先秦·《诗经》

击鼓其镗，踊跃用兵。土国城漕，我独南行。

从孙子仲，平陈与宋。不我以归，忧心有忡。

爰居爰处？爰丧其马？于以求之？于林之下。

死生契阔，与子成说。执子之手，与子偕老。

于嗟阔兮，不我活兮。于嗟洵兮，不我信兮。

[注释] 镗（tāng）：鼓声。不我以归：不以我归，即有家不让回。爰（yuán）：疑问代词，何处，哪里。丧：丧失，此处言跑失。契阔：聚散。洵：远。

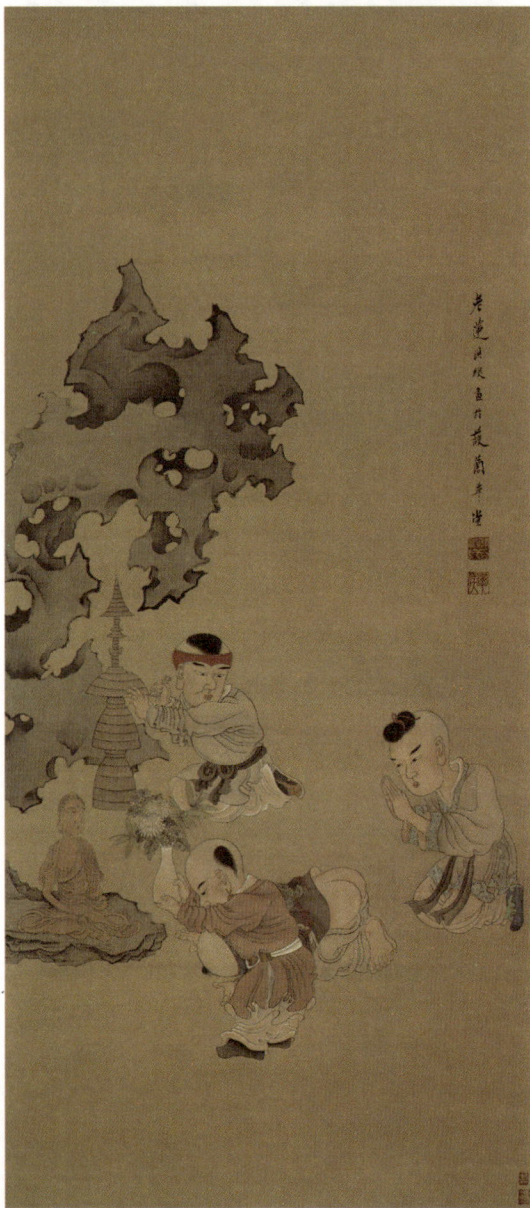

明　陈洪绶　戏婴图

边练边学

无父何怙
无母何恃

蓼莪（节选）

先秦·《诗经》

蓼蓼者莪，匪莪伊蒿。

哀哀父母，生我劬劳。

蓼蓼者莪，匪莪伊蔚。

哀哀父母，生我劳瘁。

瓶之罄矣，维罍之耻。

鲜民之生，不如死之久矣。

无父何怙？无母何恃？

出则衔恤，入则靡至。

[注释] 蓼蓼（lù lù）：长又大的样子。莪（é）：一种草，即莪蒿。罍（léi）：盛水器具。怙（hù）：依靠。衔恤（xù）：含哀、心怀忧虑。

清　郎世宁　仙萼长春图册·桃花

投我以桃
报之以李

抑（节选）

先秦·《诗经》

辟尔为德，俾臧俾嘉。

淑慎尔止，不愆于仪。

不僭不贼，鲜不为则。

投我以桃，报之以李。

彼童而角，实虹小子。

[注释] 辟：修明。淑：美好。童：雏，幼小，此指没角的小羊羔。
虹：同"讧"，溃乱。

艇踔畔眼历
是翰墨家生
平所养之气
峰隈奇嵋磊
磊落落如也
甲翩云时隐
智延人物艸木
舟車城郭犹
壹能理令观
者坐入山之想
乃是　　　大涤子

清　石涛（传）　苦瓜妙谛册之第十一开

边练边学

他山之石
可以攻玉

鹤鸣

先秦·《诗经》

鹤鸣于九皋，声闻于野。

鱼潜在渊，或在于渚。

乐彼之园，爰有树檀，其下维萚。

他山之石，可以为错。

鹤鸣于九皋，声闻于天。

鱼在于渚，或潜在渊。

乐彼之园，爰有树檀，其下维榖。

他山之石，可以攻玉。

[注释] 九皋：曲折深远的沼泽。渚（zhǔ）：水中的小块陆地。爰（yuán）：语气助词，没有实义。错：磨玉的石块。攻：制造，加工。

明 仇英 临溪水阁图

渡易水歌

先秦·佚名

风萧萧兮易水寒，

壮士一去兮不复还。

探虎穴兮入蛟宫，

仰天呼气兮成白虹。

[注释] 萧萧：风声。易水：指水名，源出河北省易县，是当时燕国的南界。

十月清澜障子成，看君庭上
白云生有人笑。阿谁持赠韵方
叠千章是我情
爰此漠漠朝阴助晓
远心口口口口口口口口
齐日长焚沉口口口口口
多矣欠关读书行古干
嘉嘉尤羊意写因作春
云叠嶂图报飞娘黄敛娥
也成化辛丑之夕日
长洲沈周

明 沈周 春云叠嶂图

边练边学

路漫漫其修远兮
吾将上下而求索

离骚（节选）

先秦·屈原

朝发轫于苍梧兮，夕余至乎县圃。

欲少留此灵琐兮，日忽忽其将暮。

吾令羲和弭节兮，望崦嵫而勿迫。

路漫漫其修远兮，吾将上下而求索。

[注释] 县圃：传说中神仙居处，在昆仑山顶，亦泛指仙境。崦嵫（yān zī）：太阳落山的地方。

明　文徵明　湘君湘夫人图

望夫君兮未来⊠
吹参差兮谁思⊠

九歌·湘君（节选）

先秦·屈原

君不行兮夷犹，蹇谁留兮中洲？

美要眇兮宜修，沛吾乘兮桂舟。

令沅湘兮无波，使江水兮安流。

望夫君兮未来，吹参差兮谁思？

驾飞龙兮北征，邅吾道兮洞庭。

薜荔柏兮蕙绸，荪桡兮兰旌。

望涔阳兮极浦，横大江兮扬灵。

扬灵兮未极，女婵媛兮为余太息。

横流涕兮潺湲，隐思君兮陫侧。

[注释] 湘君：湘水之神，男性。夷犹：迟疑不决。蹇（jiǎn）：发语词。要眇（miǎo）：美好的样子。沛（pèi）：形容水大而急。邅（zhān）：转变。柏（bó）：通"箔"，帘子。桡（ráo）：短桨。极浦：遥远的水边。

明 仇英 古代仕女图

愿得一心人
白头不相离

白头吟

汉·卓文君

皑如山上雪，皎若云间月。

闻君有两意，故来相决绝。

今日斗酒会，明旦沟水头。

蹀躞御沟上，沟水东西流。

凄凄复凄凄，嫁娶不须啼。

愿得一心人，白头不相离。

竹竿何袅袅，鱼尾何簁簁！

男儿重意气，何用钱刀为！

[注释] 蹀躞（xiè dié）：小步行走貌。御沟：流经御苑或环绕宫墙的沟。簁簁（shāi shāi）：形容鱼尾像濡湿的羽毛。

明　童垲　松鹤延年图

边练边学

我欲与君相知
长命无绝衰

上邪

汉·无名氏

上邪！我欲与君相知，长命无绝衰。

山无陵，江水为竭，冬雷震震，夏雨雪，

天地合，乃敢与君绝！

〔注释〕上邪（yé）：天啊。陵：山峰、山头。雨（yù）雪：降雪。
雨，名词作动词用。

明　文徵明　水亭诗思图

古诗十九首·其十

汉·佚名

迢迢牵牛星，皎皎河汉女。

纤纤擢素手，札札弄机杼。

终日不成章，泣涕零如雨。

河汉清且浅，相去复几许。

盈盈一水间，脉脉不得语。

[注释] 擢（zhuó）：伸出。札札：织布声。杼（zhù）：织机的梭子。

嘗聞半面妝
又覩觀音孌
奇光靡定姿
忽二毅人炫
　家珍

周卿銅雀春何處秋閨年鎖
二喬只間濃妝濃抹意為誰哂
笑兩般嬌
　　項聖謨詩畫

明　項聖謨　花卉十开·秋菊

边练边学

少壮不努力
老大徒伤悲

长歌行

汉·佚名

青青园中葵，朝露待日晞。

阳春布德泽，万物生光辉。

常恐秋节至，焜黄华叶衰。

百川东到海，何时复西归？

少壮不努力，老大徒伤悲！

[注释] 阳春：温暖的春天。德泽：恩德，恩惠。华：古通"花"。

清 郎世宁 神骏图

骓不逝兮可奈何
虞兮虞兮奈若何

垓下歌

汉 · 项羽

力拔山兮气盖世，

时不利兮骓不逝。

骓不逝兮可奈何，

虞兮虞兮奈若何。

〔注释〕 奈何：怎么办。虞：虞姬。若：你。

溪林秋霁

黄鹤山樵者林
山萧寺画真人
闲第一筆賞之
惟助师此法
纪年顺治丙生
竹别横写平生
壑适意北山秋
在平識

清 恽寿平 仿古山水册 · 溪林秋霁

安得猛士分守四方

大风歌

汉·刘邦

大风起兮云飞扬。

威加海内兮归故乡。

安得猛士兮守四方！

[注释] 安：哪里，怎样。四方：指代国家。

近现代 于非闇 翠微红叶图

努力爱春华
莫忘欢乐时

留别妻

汉·苏武

结发为夫妻，恩爱两不疑。

欢娱在今夕，嬿婉及良时。

征夫怀远路，起视夜何其？

参辰皆已没，去去从此辞。

行役在战场，相见未有期。

握手一长叹，泪为生别滋。

努力爱春华，莫忘欢乐时。

生当复来归，死当长相思。

〔注释〕 嬿（yàn）婉：美好貌。征夫：出征的兵将。夜何其：夜怎么样，也即夜晚几点了。

玉堂富貴白頭長春圖中每作此祥之意此
楠於光生處寫此圖永圖之一木模之方成一
於王山楠寄 題戊子十月時客平 記張開少墨趙年六十

近现代 于非闇 玉堂贵图

古诗十九首·其十五

汉·佚名

生年不满百，常怀千岁忧。

昼短苦夜长，何不秉烛游！

为乐当及时，何能待来兹？

愚者爱惜费，但为后世嗤。

仙人王子乔，难可与等期。

[注释] 王子乔：神话人物，相传为东周灵王姬泄心的太子，一说名晋，字子晋，人称太子晋，亦称王子晋或王子乔，是王氏的始祖。

清 谢荪 荷花图

鱼戏莲叶南

鱼戏莲叶北

江南

汉·乐府

江南可采莲，莲叶何田田。

鱼戏莲叶间。鱼戏莲叶东，

鱼戏莲叶西，鱼戏莲叶南，鱼戏莲叶北。

【注释】何：何等、多么。田田：这里指莲叶片片碧绿。

清 任熊 十六应真图册（其一）

对酒当歌

人生几何

短歌行

三国·曹操

对酒当歌，人生几何！譬如朝露，去日苦多。

慨当以慷，忧思难忘。何以解忧？唯有杜康。

青青子衿，悠悠我心。但为君故，沉吟至今。

呦呦鹿鸣，食野之苹。我有嘉宾，鼓瑟吹笙。

明明如月，何时可掇？忧从中来，不可断绝。

越陌度阡，枉用相存。契阔谈䜩，心念旧恩。

月明星稀，乌鹊南飞。绕树三匝，何枝可依？

山不厌高，海不厌深。周公吐哺，天下归心。

[注释] 对酒当歌：面对着酒与歌，即饮酒唱歌。杜康：相传是最早造酒的人。这里代指酒。呦呦（yōu yōu）：鹿叫的声音。䜩（yàn）：同"宴"。三匝（zā）：指三周，形容反复盘旋。

清 金农 鞍马图

老骥伏枥
志在千里

龟虽寿

三国·曹操

神龟虽寿，犹有竟时。

腾蛇乘雾，终为土灰。

老骥伏枥，志在千里。

烈士暮年，壮心不已。

盈缩之期，不但在天。

养怡之福，可得永年。

幸甚至哉，歌以咏志。

[注释] 竟：终结，这里指死亡。腾蛇：传说中与龙同类的神物，能乘云雾升天。烈士：有远大抱负的人。

聽琴圖

吟徵調商寬下桐
松間疑有入松風
仰窺低審含情客
以聽無絃一再中
　　　　　丹丘張題

宋 趙佶 听琴图

咏怀八十二首·其一

三国魏·阮籍

夜中不能寐，起坐弹鸣琴。

薄帷鉴明月，清风吹我襟。

孤鸿号外野，翔鸟鸣北林。

徘徊将何见？忧思独伤心。

[注释] 薄帷：薄薄的帐幔。鉴：照。孤鸿：失群的大雁。号：鸣叫、哀号。

清　陈枚　月曼清游图册·寒夜探梅

忧来思君不敢忘

不觉泪下沾衣裳

燕歌行二首·其一

三国魏·曹丕

秋风萧瑟天气凉，草木摇落露为霜。

群燕辞归鹄南翔，念君客游思断肠。

慊慊思归恋故乡，君何淹留寄他方。

贱妾茕茕守空房，忧来思君不敢忘，不觉泪下沾衣裳。

援琴鸣弦发清商，短歌微吟不能长。

明月皎皎照我床，星汉西流夜未央。

牵牛织女遥相望，尔独何辜限河梁。

[注释] 淹留：久留、滞留。清商：东汉时，在民间曲调的基础
上形成的新乐调。何辜：有何过错。

清 郎世宁 八骏图

长驱蹈匈奴
左顾凌鲜卑

白马篇（节选）

三国魏 · 曹植

狡捷过猴猿，勇剽若豹螭。

边城多警急，虏骑数迁移。

羽檄从北来，厉马登高堤。

长驱蹈匈奴，左顾凌鲜卑。

弃身锋刃端，性命安可怀？

父母且不顾，何言子与妻！

名编壮士籍，不得中顾私。

捐躯赴国难，视死忽如归！

[注释] 羽檄（xí）：军事文书，插鸟羽以示紧急，必须迅速传递。
凌：压制。籍：名册。

清 任熊 十万图册·万卷诗楼

云散还城邑
清晨复来还

名都篇（节选）

三国魏·曹植

归来宴平乐，美酒斗十千。

脍鲤臑胎鰕，炮鳖炙熊蹯。

鸣俦啸匹侣，列坐竟长筵。

连翩击鞠壤，巧捷惟万端。

白日西南驰，光景不可攀。

云散还城邑，清晨复来还。

[注释] 炮、炙：烧烤。击鞠壤：蹴鞠、击壤，都是古代的游戏。攀：追挽，留住。

清 金农 梅花图

赠送从弟诗三首·其二

三国魏·刘桢

亭亭山上松，瑟瑟谷中风。

风声一何盛，松枝一何劲！

冰霜正惨凄，终岁常端正。

岂不罹凝寒？松柏有本性。

[注释] 瑟瑟：形容寒风的声音。惨凄：凛冽、严酷。罹(lí)：遭受。

宋 刘松年 秋窗读书图

著论准《过秦》
作赋拟《子虚》

咏史八首·其一

西晋·左思

弱冠弄柔翰，卓荦观群书。

著论准《过秦》，作赋拟《子虚》。

边城苦鸣镝，羽檄飞京都。

虽非甲胄士，畴昔览《穰苴》。

长啸激清风，志若无东吴。

铅刀贵一割，梦想骋良图。

左眄澄江湘，右盼定羌胡。

功成不受爵，长揖归田庐。

[注释]弱冠：古代的男子二十岁行冠礼，表示成人，但体犹未壮，所以叫"弱冠"。柔翰：毛笔。卓荦（luò）：才能卓越。眄（miǎn）：看。

童僕歡迎子候門歸來

檢點舊山村多君識我

壺觴趨棄落盈罌與細

論

先生志逸義篤四义頒有好懷相與以請八景二朱可与

析要持同日為把

清　石涛　陶渊明诗意图册之第四开

边练边学

	得	欢	当	作	乐	
	斗	酒	聚	比	邻	

杂诗十二首·其一

东晋·陶渊明

人生无根蒂，飘如陌上尘。

分散逐风转，此已非常身。

落地为兄弟，何必骨肉亲！

得欢当作乐，斗酒聚比邻。

盛年不重来，一日难再晨。

及时当勉励，岁月不待人。

[注释] 蒂（dì）：瓜、果等跟茎、枝相连的部分，把儿。斗：酒器。

清 石涛 陶渊明诗意图册之第十一开

相思则披衣
言笑无厌时

移居二首·其二

东晋·陶渊明

春秋多佳日，登高赋新诗。

过门更相呼，有酒斟酌之。

农务各自归，闲暇辄相思。

相思则披衣，言笑无厌时。

此理将不胜，无为忽去兹。

衣食当须纪，力耕不吾欺。

[注释] 辄（zhé）：就。厌：满足。纪：经营。

清 石涛 陶渊明诗意图册之第九开

边练边学

既耕亦已种
时还读我书

读山海经十三首·其一

东晋·陶渊明

孟夏草木长，绕屋树扶疏。

众鸟欣有托，吾亦爱吾庐。

既耕亦已种，时还读我书。

穷巷隔深辙，颇回故人车。

欢言酌春酒，摘我园中蔬。

微雨从东来，好风与之俱。

泛览周王传，流观山海图。

俯仰终宇宙，不乐复何如？

〔注释〕扶疏：枝叶茂盛的样子。与之俱：和它一起吹来。周王传：《穆天子传》，记载周穆王西游的书。终宇宙：遍及世界。

黄菊東籬已著花酥餘
抜杖憇山人家怡情寂是
南山色秋柳西風夕照斜

悠然見南山

先生醉矣菊已著花餐英者誰正
無事白衣送酒也

清　石涛　陶渊明诗意图册之第二开

边练边学

此中有真意
欲辨已忘言

饮酒二十首·其五

东晋·陶渊明

结庐在人境，而无车马喧。

问君何能尔？心远地自偏。

采菊东篱下，悠然见南山。

山气日夕佳，飞鸟相与还。

此中有真意，欲辨已忘言。

[注释] 人境：喧嚣扰攘的尘世。相与：相交，结伴。

清 任熊 十六应真图册（其一）

边练边学

将军百战死
壮士十年归

木兰辞（节选）

南北朝·佚名

万里赴戎机，关山度若飞。

朔气传金柝，寒光照铁衣。

将军百战死，壮士十年归。

【注释】戎机：指战争。度：越过。朔：北方。金柝（tuò）：古时军中白天用来做饭、夜里用来打更的器具。

明 沈周 伫立远眺图

怀抱观古今

寝食展戏谑

斋中读书诗

南北朝·谢灵运

昔余游京华，未尝废丘壑。
矧乃归山川，心迹双寂寞。
虚馆绝诤讼，空庭来鸟雀。
卧疾丰暇豫，翰墨时间作。
怀抱观古今，寝食展戏谑。
既笑沮溺苦，又哂子云阁。
执戟亦以疲，耕稼岂云乐。
万事难并欢，达生幸可托。

【注释】矧（shěn）乃：何况是。沮溺：指长沮和桀溺，春秋时贤人，不肯游仕，结伴耕种，一辈子辛苦劳作。哂（shěn）：讥笑，嘲笑。

春风得意马蹄疾

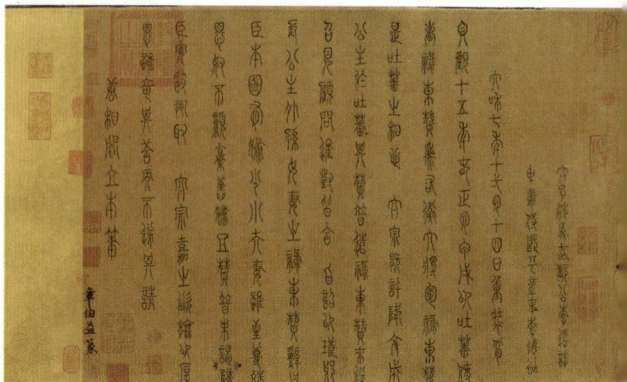

唐 阎立本 步辇图

《步辇图》

  唐朝画家阎立本的名作之一。唐太宗贞观十四年（640 年），吐蕃王松赞干布仰慕大唐文明，派使者禄东赞到长安通聘。《步辇图》所绘是禄东赞朝见唐太宗时的场景。现存画作被认为是宋朝摹本，存于北京故宫博物院，被称为"中国十大传世名画"之一。绢本，设色，纵 38.5 厘米，横 129.6 厘米。

一日看尽长安花

登科后

唐·孟郊

昔日龌龊不足夸，今朝放荡思无涯。

春风得意马蹄疾，一日看尽长安花。

〔注释〕 龌龊（wò chuò）：指处境不如意和思想上的拘谨局促。放荡：自由自在，无所拘束。

宋　陈居中　四羊图

百尺竿头须进步
十方世界是全身

湖南长沙景岑招贤禅师偈

唐·景岑禅师

百丈竿头不动人，虽然得入未为真。

百尺竿头须进步，十方世界是全身。

〔注释〕十方世界：佛教谓十方无量无边的世界。

唐 李昭道 龙池竞渡图

沉舟侧畔千帆过
病树前头万木春

酬乐天扬州初逢席上见赠

唐·刘禹锡

巴山楚水凄凉地，二十三年弃置身。

怀旧空吟闻笛赋，到乡翻似烂柯人。

沉舟侧畔千帆过，病树前头万木春。

今日听君歌一曲，暂凭杯酒长精神。

〔注释〕弃置：贬谪。长：增长，振作。

唐 李思训 江帆楼阁图

欲穷千里目
更上一层楼

登鹳雀楼

唐 · 王之涣

白日依山尽，黄河入海流。

欲穷千里目，更上一层楼。

[注释] 穷：尽，使达到极点。千里目：喻眼界宽阔。

唐 韩幹 牧马图

雄姿未受伏枥恩

猛气犹思战场利

高都护骢马行（节选）

唐·杜甫

安西都护胡青骢，声价欻然来向东。

此马临阵久无敌，与人一心成大功。

功成惠养随所致，飘飘远自流沙至。

雄姿未受伏枥恩，猛气犹思战场利。

[注释] 青骢（cōng）：毛色青白相杂的骏马。欻（xū）然：忽然。
伏枥：伏在槽上，指受人驯养。

唐 杨升 蓬莱飞雪图

大鹏一日同风起
扶摇直上九万里

上李邕

唐 · 李白

大鹏一日同风起，扶摇直上九万里。

假令风歇时下来，犹能簸却沧溟水。

世人见我恒殊调，闻余大言皆冷笑。

宣父犹能畏后生，丈夫未可轻年少。

[注释] 簸（bǒ）却：激起。沧溟：大海。宣父：孔子。

唐 佚名 宫乐图

历览前贤国与家

成由勤俭破由奢

咏史二首·其二

唐·李商隐

历览前贤国与家，成由勤俭破由奢。

何须琥珀方为枕，岂得真珠始是车。

运去不逢青海马，力穷难拔蜀山蛇。

几人曾预南薰曲，终古苍梧哭翠华。

[注释] 琥珀：古代松柏等树脂的化石。南薰曲：指《南风歌》。翠华：此指舜帝。

孰知不向边庭苦

唐 孙位 高逸图

《高逸图》

又名《竹林七贤图》，是唐代孙位创作的一幅彩色绢本人物画，现藏于上海博物馆。画名《高逸图》为宋徽宗赵佶所题。这幅图所描绘的是魏晋时期竹林七贤的故事，刻画了魏晋士大夫"高逸风度"的共性，又刻画出了他们的个性。

纵死犹闻侠骨香

少年行四首·其二

唐·王维

出身仕汉羽林郎，初随骠骑战渔阳。

孰知不向边庭苦，纵死犹闻侠骨香。

[注释] 骠骑（piào qí）：指霍去病，曾任骠骑将军。渔阳：古幽州，今天津蓟州一带，汉时与匈奴经常接战的地方。

唐 韩幹 猿马图

| 挥 | 鞭 | 万 | 里 | 去 |

| 安 | 得 | 念 | 春 | 闺 |

紫骝马

唐·李白

紫骝行且嘶，双翻碧玉蹄。

临流不肯渡，似惜锦障泥。

白雪关山远，黄云海戍迷。

挥鞭万里去，安得念春闺。

[注释] 紫骝（liú）：暗红色的马。障泥：拔在马鞍旁以挡溅起的尘泥的马具。

唐 韩幹 清溪饮马图

出师未捷身先死
长使英雄泪满襟

蜀相

唐·杜甫

丞相祠堂何处寻？锦官城外柏森森。

映阶碧草自春色，隔叶黄鹂空好音。

三顾频烦天下计，两朝开济老臣心。

出师未捷身先死，长使英雄泪满襟。

[注释] 锦官城：成都的别名。频烦：犹"频繁"，多次。

唐　梁令瓚　牧马图

誓扫匈奴不顾身
五千貂锦丧胡尘

陇西行四首·其二

唐·陈陶

誓扫匈奴不顾身，五千貂锦丧胡尘。

可怜无定河边骨，犹是春闺梦里人。

[注释] 貂锦：汉代羽林军所穿的军服，借指精锐部队或戍边将士。胡尘：胡地的尘沙。

唐 韩幹 图人呈马图

边练边学

兰 陵 美 酒 郁 金 香

玉 碗 盛 来 琥 珀 光

客中作

唐·李白

兰陵美酒郁金香，玉碗盛来琥珀光。

但使主人能醉客，不知何处是他乡。

[注释] 郁金香：散发郁金的香气。玉碗：玉制的食具，亦泛指精美的碗。

花门楼前见秋草

唐 阎立本 职贡图

《职贡图》

　　唐朝画家阎立本创作的绢本设色画，现藏于台北故宫博物院。该画描绘的是唐太宗时，婆利国和罗刹国千里迢迢前来朝贡的情景。画中共有二十七人，其中白衣虬髯骑白马的人是罗刹国使者，身后有仆从打着伞执着扇，抬着礼物。左边穿长袍手里托着珊瑚打着伞盖的人是婆利国使者，他的随从也带着各式各样的礼物。整幅画设色淡雅，人物造型奇特，线条流畅自然。

边练边学

岂能贫贱相看老

凉州馆中与诸判官夜集

唐·岑参

弯弯月出挂城头，城头月出照凉州。

凉州七里十万家，胡人半解弹琵琶。

琵琶一曲肠堪断，风萧萧兮夜漫漫。

河西幕中多故人，故人别来三五春。

花门楼前见秋草，岂能贫贱相看老。

一生大笑能几回，斗酒相逢须醉倒。

〔注释〕 半解：半数人懂得。贫贱：贫苦微贱。斗酒：比酒量。

唐 李思训 京畿瑞雪图

| 时 | 人 | 莫 | 小 | 池 | 中 | 水 |
| 浅 | 处 | 无 | 妨 | 有 | 卧 | 龙 |

醉中赠符载

唐·窦庠

白社会中尝共醉，青云路上未相逢。

时人莫小池中水，浅处无妨有卧龙。

［注释］小：小看。

清 陈枚 月曼清游图册·琼台玩月

俱怀逸兴壮思飞
欲上青天揽明月

宣州谢朓楼饯别校书叔云

唐·李白

弃我去者，昨日之日不可留；

乱我心者，今日之日多烦忧。

长风万里送秋雁，对此可以酣高楼。

蓬莱文章建安骨，中间小谢又清发。

俱怀逸兴壮思飞，欲上青天揽明月。

抽刀断水水更流，举杯消愁愁更愁。

人生在世不称意，明朝散发弄扁舟。

〔注释〕俱怀：两人都怀有。壮思：雄心壮志，豪壮的意思。扁舟：小舟，小船。

惜春好鳥惡高枝盡，嬌啼不自持，翻向綠房窺翠，影外情會有幾人知。

秋岳生

清　华岩　高枝好鸟图

边练边学

鸿志不汝较
奋翼起高飞

孤鸿篇

唐·戴叔伦

江上双飞鸿，饮啄行相随。

翔风一何厉，中道伤其雌。

顾影明月下，哀鸣声正悲。

已无矰缴患，岂乏稻粱资。

噰噰慕俦匹，远集清江湄。

中有孤文鹓，翩翩好容仪。

共欣相知遇，毕志同栖迟。

野田鸱鸮鸟，相妒复相疑。

鸿志不汝较，奋翼起高飞。

焉随腐鼠欲，负此云霄期。

[注释] 翔风：祥瑞之风。矰缴（zēng jiǎo）：系有丝绳、弋射飞鸟的短箭。噰噰（yōng yōng）：鸟类和鸣声。文鹓（yuān）：凤凰一类的鸟。鸱鸮（chī xiāo）：猫头鹰之类的恶鸟。

秋深圖
戊戌秋月
邗上袁江

清 袁江 秋涉图

两岸猿声啼不住
轻舟已过万重山

早发白帝城

唐·李白

朝辞白帝彩云间，千里江陵一日还。

两岸猿声啼不住，轻舟已过万重山。

[注释] 白帝：指白帝城，故址在今重庆市奉节县白帝山上。万重山：层层叠叠的山，形容有许多。

清 任熊 十六应真图册（其一）

边练边学

仰天大笑出门去

我辈岂是蓬蒿人

南陵别儿童入京

唐·李白

白酒新熟山中归，黄鸡啄黍秋正肥。

呼童烹鸡酌白酒，儿女嬉笑牵人衣。

高歌取醉欲自慰，起舞落日争光辉。

游说万乘苦不早，著鞭跨马涉远道。

会稽愚妇轻买臣，余亦辞家西入秦。

仰天大笑出门去，我辈岂是蓬蒿人。

[注释] 万乘：君主。蓬蒿人：草野之人，也就是没有当官的人。

清　袁耀　汉宫秋月图

把酒问月

唐·李白

青天有月来几时？我今停杯一问之。

人攀明月不可得，月行却与人相随。

皎如飞镜临丹阙，绿烟灭尽清辉发。

但见宵从海上来，宁知晓向云间没。

白兔捣药秋复春，嫦娥孤栖与谁邻。

今人不见古时月，今月曾经照古人。

古人今人若流水，共看明月皆如此。

唯愿当歌对酒时，月光长照金樽里。

[注释] 丹阙（què）：朱红色的宫殿。绿烟：指遮蔽月光的浓重的云雾。金樽：精美的酒具。

雲湖甚山甚水落知乱勒章下
不逢人夕陽潇洒秋影
筆雲林遠甚　　墨井道人

清　吴历　夕阳秋影图

自古逢秋悲寂寥
我言秋日胜春朝

秋词二首·其一

唐·刘禹锡

自古逢秋悲寂寥，我言秋日胜春朝。

晴空一鹤排云上，便引诗情到碧霄。

[注释] 悲寂寥：悲叹萧条。春朝：春天。排：推开，有冲破的意思。

清 刘度 山水楼阁图

兴酣落笔摇五岳
诗成笑傲凌沧洲

江上吟

唐·李白

木兰之枻沙棠舟，玉箫金管坐两头。

美酒樽中置千斛，载妓随波任去留。

仙人有待乘黄鹤，海客无心随白鸥。

屈平辞赋悬日月，楚王台榭空山丘。

兴酣落笔摇五岳，诗成笑傲凌沧洲。

功名富贵若长在，汉水亦应西北流。

[注释] 枻(yì)：船桨。沧洲：江海，古时称隐士居处。

边练边学

得 即 高 歌 失 即 休
多 愁 多 恨 亦 悠 悠

自遣

唐·罗隐

得即高歌失即休，多愁多恨亦悠悠。

今朝有酒今朝醉，明日愁来明日愁。

[注释] 悠悠：悠闲自在的样子。今朝：今日。

明 戴进 关山行旅图

一身转战三千里
一剑曾当百万师

老将行（节选）

唐 · 王维

少年十五二十时，步行夺得胡马骑。

射杀山中白额虎，肯数邺下黄须儿。

一身转战三千里，一剑曾当百万师。

汉兵奋迅如霹雳，虏骑崩腾畏蒺藜。

[注释] 蒺藜（jí lí）：本是有三角刺的植物，这里指铁蒺藜，战地所用障碍物。

明 张路 山雨欲来图

凉州词二首·其一

唐·王翰

葡萄美酒夜光杯，欲饮琵琶马上催。

醉卧沙场君莫笑，古来征战几人回？

[注释] 夜光杯：用美玉制成的杯子，夜间能够发光。这里指
极精致的酒杯。沙场：平坦空旷的沙地，古时多指战场。

明 刘琰 骑马游山图

边练边学

离魂莫惆怅

看取宝刀雄

送李侍御赴安西

唐·高适

行子对飞蓬，金鞭指铁骢。

功名万里外，心事一杯中。

虏障燕支北，秦城太白东。

离魂莫惆怅，看取宝刀雄。

[注释] 虏（lǔ）障：指防御工事。

明　文徵明　万壑争流图

边练边学

江东子弟多才俊

卷土重来未可知

题乌江亭

唐·杜牧

胜败兵家事不期，包羞忍耻是男儿。

江东子弟多才俊，卷土重来未可知。

[注释] 不期：难以预料。江东：自汉至隋唐称自安徽芜湖以下的长江南岸地区为江东。

劝君莫惜金缕衣

清 樊沂 兰亭修禊图（局部）

《兰亭修禊图》

此图为清代樊沂创作的绢本绘画作品，现收藏于美国克利夫兰博物馆。画的场景是东晋永和九年上巳节，王羲之与名士谢安、孙绰等41人，于会稽山阴的兰亭水边，做流觞曲水之戏。农历三月上旬"巳日"这一天，人们相约到水边沐浴、洗濯，借以除灾去邪，称之为"被禊"。

劝君惜取少年时

金缕衣

唐·无名氏

劝君莫惜金缕衣，劝君惜取少年时。

花开堪折直须折，莫待无花空折枝。

[注释] 金缕衣：织有金线的衣服，喻荣华富贵。

開泰圖

清　郎世宁　开泰图

富贵非所愿
与人驻颜光

短歌行

唐 · 李白

白日何短短，百年苦易满。

苍穹浩茫茫，万劫太极长。

麻姑垂两鬓，一半已成霜。

天公见玉女，大笑亿千场。

吾欲揽六龙，回车挂扶桑。

北斗酌美酒，劝龙各一觞。

富贵非所愿，与人驻颜光。

[注释] 太极：天地混沌未开的状态。这里借指太初时代。麻姑：中国古代神话中的女仙。因其自谓"已见东海三次变为桑田"，故古时以麻姑喻高寿。六龙：引申为太阳。扶桑：神树名。

少年辛苦终身事

北齐 杨子华 北齐校书图（局部）

《北齐校书图》

　　北齐杨子华创作的绢本设色画，原本已佚，现存宋摹本，现收藏于美国波士顿美术馆。画面有三组人物，居中的是坐在榻上的四位士大夫，或展卷沉思，或执笔书写，或欲离席，或挽留者，神情生动，细节描写也很精微，旁边站立服侍的女侍也表现得各具情致。此画用笔细劲流畅，设色简朴优美。

莫向光阴惰寸功

题弟侄书堂

唐·杜荀鹤

何事居穷道不穷，乱时还与静时同。

家山虽在干戈地，弟侄常修礼乐风。

窗竹影摇书案上，野泉声入砚池中。

少年辛苦终身事，莫向光阴惰寸功。

[注释] 何事：为什么。静时：和平时期。家山：家乡的山，这里代指故乡。

此情可待成追忆

唐　周昉　簪花仕女图

《簪花仕女图》

　　传为唐代周昉绘制的一幅粗绢本设色画。作品现藏于辽宁省博物馆。画中描写了六位衣着艳丽的贵族妇女及其侍女于春夏之交赏花游园，也体现出贵族仕女养尊处优、无所事事、游戏于花蝶鹤犬之间的生活情态。这幅图是仕女画的标杆，尽数呈现了唐代时髦女性的穿搭要领。

只是当时已惘然

锦瑟

唐·李商隐

锦瑟无端五十弦，一弦一柱思华年。

庄生晓梦迷蝴蝶，望帝春心托杜鹃。

沧海月明珠有泪，蓝田日暖玉生烟。

此情可待成追忆，只是当时已惘然。

〔注释〕望帝：周朝末年蜀国君主的称号。传说他死后化为杜鹃鸟，啼声凄切，暮春而鸣，伤感春去，也哀痛亡国。后作为杜鹃的别称。

去年今日此门中

唐 张萱 捣练图（局部）

《捣练图》

　　中国古代仕女画的重要代表作，是唐代画家张萱的作品，画作原属圆明园收藏。1860年"火烧圆明园"后被掠夺并流失海外，现藏于美国波士顿美术博物馆。此图描绘了唐代城市妇女在捣练、理线、熨平、缝制劳动操作时的情景。画中人物动作凝神自然、细节刻画生动，使人看出扯绢时用力的微微后退后仰，表现出作者的观察入微。其线条工细遒劲，设色富丽。其"丰肥体"的人物造型，表现出唐代仕女画的典型风格。

人面桃花相映红

题都城南庄

唐·崔护

去年今日此门中，人面桃花相映红。

人面不知何处去，桃花依旧笑春风。

〔注释〕人面：指姑娘的脸。笑：形容桃花盛开的样子。

※ 离离原上草 ※

清 郎世宁 瑞谷图

《瑞谷图》

　　中国第一历史档案馆的镇馆之宝，作者是清代画家郎世宁。雍正初年（1723年）恰逢难得一见的丰收年景，雍正闻报各处粮食丰收，大悦，便令大学士张廷玉传旨，让宫廷御用画师郎世宁作《瑞谷图》。颁赐并告勉各省官员，"以修德为事神之本，以勤民为立政之基"。

※一岁一枯荣※

赋得古原草送别

唐 · 白居易

离离原上草，一岁一枯荣。

野火烧不尽，春风吹又生。

远芳侵古道，晴翠接荒城。

又送王孙去，萋萋满别情。

[注释] 王孙：泛指贵族子弟。这里指即将远游的朋友。
别情：离别的情怀。

唐 李昭道（传） 明皇幸蜀图

边练边学

彼此当年少
莫负好时光

好时光·宝髻偏宜宫样

唐·李隆基

宝髻偏宜宫样，莲脸嫩，体红香。

眉黛不须张敞画，天教入鬓长。

莫倚倾国貌，嫁取个，有情郎。

彼此当年少，莫负好时光。

[注释] 张敞：汉宣帝时人，曾为妻画眉，后来成为夫妻恩爱
的典故，传为佳话。

清 袁耀 蓬莱仙境图

百年三万六千朝
夜里分将强半日

短歌行

唐·王建

人初生，日初出。

上山迟，下山疾。

百年三万六千朝，夜里分将强半日。

有歌有舞须早为，昨日健于今日时。

人家见生男女好，不知男女催人老。

短歌行，无乐声。

［注释］强半：大半，过半。须：必得，应当。

人事有代谢

清 袁江 阿房宫图

《阿房宫图》

　　此画为清代画家袁江的作品。阿房宫是秦朝时期修建的宫殿，位于今天的陕西省西咸新区，与万里长城、秦始皇陵、秦直道并称为秦朝四大工程。《阿房宫》以秦始皇兴建的阿房宫为题。画家凭借自己精深的古建知识和丰富的想象力使一组已经逝去的带有神秘色彩的建筑得以再现，再现了阿房宫当年的恢宏气势，将华贵绮丽的画风发展到极致。

往来成古今

与诸子登岘山

唐·孟浩然

人事有代谢，往来成古今。

江山留胜迹，我辈复登临。

水落鱼梁浅，天寒梦泽深。

羊公碑尚在，读罢泪沾襟。

[注释] 代谢：交替变化。往来：旧的去，新的来。羊公碑：后人为纪念西晋名将羊祜而建。

清 任熊 十六应真图册（其一）

记得当年草上飞

铁衣着尽着僧衣

自题像

唐·黄巢

记得当年草上飞，铁衣着尽着僧衣。

天津桥上无人识，独倚栏干看落晖。

[注释] 铁衣：用铁甲制成的战衣。

清　徐冈　三星图

十年磨一剑

霜刃未曾试

剑客

唐 · 贾岛

十年磨一剑，霜刃未曾试。

今日把示君，谁有不平事。

[注释] 霜刃：明亮锐利的锋刃。

老蓮洪綬 □□古 畵蔵書屋

明 陈洪绶 品茶图

边练边学

一年十二度圆缺
能得几多时少年

咏月

唐 · 李建枢

昨夜圆非今夜圆，却疑圆处减婵娟。

一年十二度圆缺，能得几多时少年。

[注释] 婵娟：漂亮，美好。度：次，回。

清 陈枚 月曼清游图册·水阁梳妆

十年一觉扬州梦
赢得青楼薄幸名

遣怀

唐·杜牧

落魄江南载酒行，楚腰肠断掌中轻。

十年一觉扬州梦，赢得青楼薄幸名。

[注释] 楚腰：先秦时楚灵王好细腰，楚地女子以腰细为美。借指细腰女子。

明　仇英　停琴听阮图

三更灯火五更鸡

正是男儿读书时

劝学诗

唐·颜真卿

三更灯火五更鸡，正是男儿读书时。

黑发不知勤学早，白首方悔读书迟。

［注释］ 五更鸡：天快亮时，鸡啼叫。黑发：年少时期，指少年。

明 戴进 春酣图

边练边学

读书不觉已春深
一寸光阴一寸金

白鹿洞二首·其一

唐 · 王贞白

读书不觉已春深，一寸光阴一寸金。

不是道人来引笑，周情孔思正追寻。

[注释] 周情孔思：指周公、孔子的精义、教导。追寻：深入钻研。

清 吴历 槐荣堂图

边练边学

读书破万卷

下笔如有神

奉赠韦左丞丈二十二韵（节选）

唐 · 杜甫

纨绔不饿死，儒冠多误身。丈人试静听，贱子请具陈。
甫昔少年日，早充观国宾。读书破万卷，下笔如有神。
赋料扬雄敌，诗看子建亲。李邕求识面，王翰愿卜邻。
自谓颇挺出，立登要路津。致君尧舜上，再使风俗淳。

［注释］纨绔（wán kù）：指富贵子弟。贱子：年少位卑者自谓。
挺出：杰出。要路津：重要的道路和渡口，比喻显要的职位。

清 邹一桂 玉堂富贵图

富贵必从勤苦得
男儿须读五车书

柏学士茅屋

唐·杜甫

碧山学士焚银鱼，白马却走深岩居。

古人已用三冬足，年少今开万卷余。

晴云满户团倾盖，秋水浮阶溜决渠。

富贵必从勤苦得，男儿须读五车书。

[注释] 碧山：指柏学士隐居山中。银鱼：指唐朝五品以上官员佩戴的银质鱼章。三冬：农历将冬天分为十月、十一月、十二月，故称"三冬"。古时人们认为冬天是用来读书的时间。

清 郎世宁 锦春图

自抛官后春多醉
不读书来老更闲

琴茶

唐·白居易

兀兀寄形群动内，陶陶任性一生间。

自抛官后春多醉，不读书来老更闲。

琴里知闻唯渌水，茶中故旧是蒙山。

穷通行止常相伴，谁道吾今无往还？

[注释] 兀兀：性格高标而不和于俗。陶陶（yáo yáo）：和乐貌。

先師孔子行教像

德侔天地道冠古今
刪述六經岳崇萬世

吾夫道子筆

唐　吳道子　先師孔子行教像拓片

读书

唐 · 皮日休

家资是何物，积帙列梁枏。

高斋晓开卷，独共圣人语。

英贤虽异世，自古心相许。

案头见蠹鱼，犹胜凡俦侣。

〔注释〕 积帙（zhì）：积聚的书籍。蠹（dù）鱼：虫名，蛀蚀书籍、衣服。这里借指书籍。俦（chóu）侣：同伴。

津若道千个三隐士青蓑若笠
是何人
鸥波老人有苕溪渔隐图在
娄东王奉常家设色古秀风
韵清媚非近人所能拟议

清 恽寿平 仿古山水册·花溪渔隐

人学始知道
不学非自然

劝学

唐·孟郊

击石乃有火，不击元无烟。

人学始知道，不学非自然。

万事须己运，他得非我贤。

青春须早为，岂能长少年。

[注释] 元：原本、本来。道：事物的法则、规律，这里指各种知识。自然：天然。贤：才能。

清 任熊 十六应真图册（其一）

边练边学

书史足自悦

安用勤与劬

读书（节选）

唐·柳宗元

得意适其适，非愿为世儒。

道尽即闭口，萧散捐囚拘。

巧者为我拙，智者为我愚。

书史足自悦，安用勤与劬。

贵尔六尺躯，勿为名所驱。

[注释] 巧者：乖巧的人。劬（qú）：劳苦。

山中犹有读书台

清 刘彦冲 听阮图

《听阮图》

　　此画是清代画家刘彦冲创作的一幅设色画。图中文人身着高冕宽服，抱膝而坐，正听一位歌女弹奏阮琴。阮音清扬，四处芳草如茵，梧桐枝叶繁茂，又配以湖石、芭蕉、翠竹，清幽异常。整个背景有一种缥缈空灵的虚幻意味，衬托出人物笔墨的写实生动；画中人物的表情动态，又反衬阮音的悠扬动听。虚实相辅，以有写无，形成脱俗越尘的艺术效果。

风扫晴岚画障开

读书台

唐·杜光庭

山中犹有读书台，风扫晴岚画障开。

华月冰壶依旧在，青莲居士几时来。

〔注释〕 晴岚（lán）：晴日山中的雾气。青莲居士：指李白。

藍水遠從千澗落
玉山高並兩峰寒

清　王时敏　杜甫诗意图册之第一开

杜诗韩笔愁来读
似倩麻姑痒处搔

读韩杜集

唐·杜牧

杜诗韩笔愁来读，似倩麻姑痒处搔。

天外凤凰谁得髓？无人解合续弦胶。

[注释] 倩:请人代做。续弦胶:凤喙与麟角,合煎作"续弦胶",可续弓弩的断弦。

騎犢歸來繞耒絲
種田角端
輕挂漢編午無人解浮
悠悠意行過柏陰懶著
鞭　唐寅畫

辛牛澤末穎殘田南
卧躬耕望有年手拔
澤嬖包氏利心空卿
懷祖生散
乾隆丙子長夏題

明　唐寅　莳田行犊图

南园十三首·其五

唐·李贺

男儿何不带吴钩，收取关山五十州。

请君暂上凌烟阁，若个书生万户侯？

[注释] 吴钩：吴地出产的弯形的刀，此处指宝刀。凌烟阁：唐太宗为表彰功臣而建的殿阁，内悬挂有秦琼等二十四名开国功臣的画像。后泛指纪念、表彰有功之臣的处所。

无边落木萧萧下
不尽㞢江滚滚来

清 王时敏 杜甫诗意图册之第六开

戏为六绝句·其二

唐·杜甫

王杨卢骆当时体，轻薄为文哂未休。

尔曹身与名俱灭，不废江河万古流。

[注释] 哂：讥笑。尔曹：汝辈，指那些轻薄之徒。

清　朱耷　古木双鹰图

小松

唐·杜荀鹤

自小刺头深草里，而今渐觉出蓬蒿。

时人不识凌云木，直待凌云始道高。

[注释] 刺头：指长满松针的小松树。蓬蒿：蓬草、蒿草。
凌云：高耸入云。

清　王翚　溪山红树图

试玉要烧三日满
辨材须待七年期

放言五首·其三

唐 · 白居易

赠君一法决狐疑，不用钻龟与祝蓍。

试玉要烧三日满，辨材须待七年期。

周公恐惧流言日，王莽谦恭未篡时。

向使当初身便死，一生真伪复谁知？

[注释] 钻龟：一种占卜术。钻刺龟里甲，并以火灼，视其裂纹以断吉凶。祝蓍（shī）：一种占卜术。把蓍草焚烧，观察草灰的形状，从而判断吉凶。

女几山前野路横，松声偏傍耳边鸣。试凭
静里闲倾耳，便觉冲然道气生

治下唐寅画呈

孝父母大人先生

明 唐寅 山路松声图

大夫名价古今闻
盘屈孤贞更出群

松

唐 · 成彦雄

大夫名价古今闻，盘屈孤贞更出群。

将谓岭头闲得了，夕阳犹挂数枝云。

[注释] 孤贞：孤直忠贞。岭头：山顶。

近现代 于非闇 红梅鹨鸪图

 边练边学

| 桐 | 花 | 万 | 里 | 丹 | 山 | 路 |
| 雏 | 凤 | 清 | 于 | 老 | 凤 | 声 |

韩冬郎即席为诗相送二首 · 其一

唐 · 李商隐

十岁裁诗走马成，冷灰残烛动离情。
桐花万里丹山路，雏凤清于老凤声。

[注释] 走马成：言其作诗文思敏捷，走马之间即可成章。丹山：传说为凤凰产地。

清　任熊　十万图册·万横香雪

修身不言命

谋道不择时

酬别致用（节选）

唐·元稹

我有恳愤志，三十无人知。

修身不言命，谋道不择时。

达则济亿兆，穷亦济毫厘。

济人无大小，誓不空济私。

[注释] 命：运气、命运。济：救。亿兆：极言其数之多。

欲知吾道廓

清 吴历 云白山青图

《云白山青图》

　　清代吴历创作的一幅画，现藏于台北故宫博物院。该画为其37岁（1668）时之作。画中层峦叠嶂，山谷间白云缭绕，山麓绿树丛生，苍翠欲滴，平湖开阔连天。村舍、寺庙、昏鸦点缀其间，展现飘渺幽深、雄伟壮丽之自然美景。画法继承唐宋以来青绿山水画传统，临摹古画功力极深，于青绿着色者尤有独到之处，气息颇近似宋元人作品。通卷皆用青绿红白重色，同时又以淡赭染水天，于鲜艳赋色中别具清雅之致。

不与物情违

题竹

唐·玄览

欲知吾道廓，不与物情违。

大海从鱼跃，长空任鸟飞。

[注释] 廓：空阔。从：放任，听凭。

清 袁耀 九成宫图

边练边学

会当一举绝风尘
翠盖朱轩临上春

春思赋（节选）

唐·王勃

会当一举绝风尘，翠盖朱轩临上春。

朝升玉署调天纪，夕憩金闺奉帝纶。

长卿未达终希达，曲逆长贫岂剩贫。

年年送春应未尽，一旦逢春自有人。

[注释] 憩（qì）：休息。帝纶：皇帝的诏命。

含风翠壁孤烟细，
背日丹枫乱木稠。

清　王时敏　杜甫诗意图册之第五开

国破山河在
城春草木深

春望

唐·杜甫

国破山河在，城春草木深。

感时花溅泪，恨别鸟惊心。

烽火连三月，家书抵万金。

白头搔更短，浑欲不胜簪。

[注释] 破：陷落。抵：值，相当。搔：用手指轻轻地抓。浑：简直。

元 李衎 沐雨竹图

好雨知时节
当春乃发生

春夜喜雨

唐·杜甫

好雨知时节，当春乃发生。

随风潜入夜，润物细无声。

野径云俱黑，江船火独明。

晓看红湿处，花重锦官城。

[注释] 发生：使植物萌发、生长。野径：田野间的小路。

明　吕纪　寒雪山鸡图

忽如一夜春风来
千树万树梨花开

白雪歌送武判官归京

唐·岑参

北风卷地白草折，胡天八月即飞雪。

忽如一夜春风来，千树万树梨花开。

散入珠帘湿罗幕，狐裘不暖锦衾薄。

将军角弓不得控，都护铁衣冷难着。

瀚海阑干百丈冰，愁云惨淡万里凝。

中军置酒饮归客，胡琴琵琶与羌笛。

纷纷暮雪下辕门，风掣红旗冻不翻。

轮台东门送君去，去时雪满天山路。

山回路转不见君，雪上空留马行处。

[注释] 胡天：指塞北的天空。狐裘：狐皮袍子。锦衾（qīn）：
锦缎做的被子。瀚海：沙漠。

明 佚名 春景花鸟图

春晓

唐 · 孟浩然

春眠不觉晓，处处闻啼鸟。

夜来风雨声，花落知多少。

〔注释〕不觉晓：不知不觉天就亮了。啼鸟：鸟啼。知：不知，表示推想。

明　吕纪　四季花鸟图·春

几处早莺争暖树
谁家新燕啄春泥

钱塘湖春行

唐 · 白居易

孤山寺北贾亭西，水面初平云脚低。

几处早莺争暖树，谁家新燕啄春泥。

乱花渐欲迷人眼，浅草才能没马蹄。

最爱湖东行不足，绿杨阴里白沙堤。

[注释] 暖树：向阳的树。迷人眼：使人眼花缭乱。行不足：百游不厌。

不獨萱草忘憂兹花亦能銷恨
家開太真兹言千載猶蒙方寸
十葉遠即今所名西施亮延也
因東曰不信春風有別姿天二初叶
提西施統妝溪畔逢人桂語吼嫣意上
臉時戊戌冬月家珎題

六宮粉黛頓凄凉十葉桃花也
浥粒守語笑容秋漸光一番人西
羡迎賜 項聖謨 詩畫

明 項聖謨 花卉十开·千叶桃花

最是一年春好处
绝胜烟柳满皇都

早春呈水部张十八员外二首·其一

唐·韩愈

天街小雨润如酥，草色遥看近却无。

最是一年春好处，绝胜烟柳满皇都。

[注释] 天街：京城街道。酥：动物的油，这里形容春雨的细腻。
皇都：帝都，这里指长安。

明　陈洪绶　荷花鸳鸯图

迟日江山丽
春风花草香

绝句二首·其一

唐·杜甫

迟日江山丽，春风花草香。

泥融飞燕子，沙暖睡鸳鸯。

[注释] 迟日：春天日渐长，所以说迟日。泥融：这里指泥土变湿软。

画图麒麟阁

唐 李思训 宫苑图

《宫苑图》

　　传为唐代李思训所作，描绘古代宫苑中夏日景致，宫殿楼观、屋宇舟车纤若毫发，山石均以细笔勾出，略有皴斫，重青绿敷色，同时大量使用金线勾勒建筑物轮廓和网巾水纹，辉煌明丽，富有装饰性。此卷为吴瀛先生于1947年"倾囊得之"，1955年捐献北京故宫博物院，卷后有其长题。

边练边学

入朝明光宫

塞下曲

唐·高适

结束浮云骏，翩翩出从戎。且凭天子怒，复倚将军雄。

万鼓雷殷地，千旗火生风。日轮驻霜戈，月魄悬雕弓。

青海阵云匝，黑山兵气冲。战酣太白高，战罢旄头空。

万里不惜死，一朝得成功。画图麒麟阁，入朝明光宫。

大笑向文士，一经何足穷。古人昧此道，往往成老翁。

〔注释〕旄（máo）头：昴星，二十八宿之一。古人认为它是胡星，这里代指敌军。麒麟阁：汉朝阁名，供奉功臣像。明光宫：汉宫名，泛指宫殿。

明　陈洪绶　抚琴图

日日

唐·李商隐

日日春光斗日光，山城斜路杏花香。

几时心绪浑无事，得及游丝百尺长。

[注释] 浑：犹全。游丝：指春天时虫类吐在空中而四处飞扬的细丝。

清 邹一桂 蟠桃双鹤图

他年我若为青帝
报与桃花一处开

题菊花

唐·黄巢

飒飒西风满院栽，蕊寒香冷蝶难来。

他年我若为青帝，报与桃花一处开。

〔注释〕青帝：位于东方的司春之神，又称苍帝、木帝。

明 吕纪 雪梅集禽图

边练边学

愿存坚贞节
勿为霜霰欺

答友人

唐 · 孟郊

白日照清水，浅深无隐姿。

君子业高文，怀抱多正思。

砥行碧山石，结交青松枝。

碧山无转易，青松难倾移。

落落出俗韵，琅琅大雅词。

自非随氏掌，明月安能持。

千里不可倒，一返无近期。

如何非意中，良觌忽在兹。

道语必疏淡，儒风易凌迟。

愿存坚贞节，勿为霜霰欺。

[注释] 觌（dí）：见，相见。霜霰（xiàn）：喻恶势力。

明　吕纪　梅茶雉雀图

耐寒唯有东篱菊
金粟初开晓更清

咏菊

唐·白居易

一夜新霜着瓦轻，芭蕉新折败荷倾。

耐寒唯有东篱菊，金粟初开晓更清。

[注释] 倾：倾倒。金粟：黄色的花蕊。

石出倒听枫叶下
樯据背指菊花开

清　王时敏　杜甫诗意图册之第十开

大厦如倾要梁栋
万牛回首丘山重

古柏行（节选）

唐·杜甫

落落盘踞虽得地，冥冥孤高多烈风。

扶持自是神明力，正直原因造化工。

大厦如倾要梁栋，万牛回首丘山重。

不露文章世已惊，未辞翦伐谁能送？

苦心岂免容蝼蚁，香叶终经宿鸾凤。

志士幽人莫怨嗟：古来材大难为用。

[注释] 落落:独立,不苟合。冥冥:高空的颜色。嗟(jiē):叹息。

清　髡残　溪山秋雨图

志士贫更坚
守道无异营

答郭郎中

唐 · 孟郊

松柏死不变，千年色青青。

志士贫更坚，守道无异营。

每弹潇湘瑟，独抱风波声。

中有失意吟，知者泪满缨。

何以报知者，永存坚与贞。

[注释] 异营：其他的打算，指不正当的打算。缨（yīng）：系在脖子上的帽带。

明 姜希孟 独钓图

山居秋暝

唐 · 王维

空山新雨后，天气晚来秋。

明月松间照，清泉石上流。

竹喧归浣女，莲动下渔舟。

随意春芳歇，王孙自可留。

[注释] 暝（míng）：日落时分，天色将晚。竹喧：竹林中笑语喧哗。浣（huàn）女：洗衣物的女子。

唐 荣阳 竹图

坚苦今如此
前程岂渺茫

送潘咸

唐·喻凫

时时赍破囊，访我息闲坊。

煮雪问茶味，当风看雁行。

心齐山鹿逸，句敌柳花狂。

坚苦今如此，前程岂渺茫。

[注释] 赍（jī）：本意是指拿东西给人，也指凭借、借助。

破囊：指破旧的诗囊或钱囊。

策马前途须努力

唐 韩幹 十六神骏图

《十六神骏图》

　　唐代画家韩幹的代表作，现藏于辽宁省博物馆，画面主要内容为一个"弼马温"加16匹马。这幅画历经1200多年，成为历代绘画中画马的典范之作，画家韩幹也因此被后人称为绘画史上画马的祖师爷。

莫学龙钟虚叹息

岳阳别张祜（节选）

唐·李涉

龙蛇纵在没泥涂，长衢却为驽骀设。

爱君气坚风骨峭，文章真把江淹笑。

洛下诸生惧刺先，乌鸢不得齐鹰鹞。

岳阳西南湖上寺，水阁松房遍文字。

新钉张生一首诗，自余吟著皆无味。

策马前途须努力，莫学龙钟虚叹息。

［注释］驽骀（nú tái）：劣马，比喻低劣的才能，平庸无能。
乌鸢（yuān）：乌鸦和老鹰，均为贪食之乌。

清 髡残 雨洗山根图

千淘万漉虽辛苦
吹尽狂沙始到金

浪淘沙九首·其八

唐·刘禹锡

莫道谗言如浪深，莫言迁客似沙沉。

千淘万漉虽辛苦，吹尽狂沙始到金。

[注释] 迁客：被贬职调往边远地方的官。漉：水慢慢地渗下。

明 吕纪 四季花鸟图·冬

代征妇怨

唐 · 施肩吾

寒窗羞见影相随，嫁得五陵轻薄儿。

长短艳歌君自解，浅深更漏妾偏知。

画裙多泪鸳鸯湿，云鬓慵梳玳瑁垂。

何事不看霜雪里，坚贞惟有古松枝。

[注释] 画裙：绣饰华丽的裙子。云鬓：指女子多而美的鬓发。

莫愁前路无知己

明 沈周 京江送别图

《京江送别图》

　　明代画家沈周创作的纸本设色画，现收藏于北京故宫博物院。图卷绘沈周与友人长汀送别的情景，大刀夺阔，远山起伏，汀岸有板桥、杨柳、桃花，崖上草色青青，十人拜揖道别，一人立于船上还礼，依依不舍。该画笔法苍劲，墨色浑厚，远山用粗笔披麻皴画成。

天下谁人不识君

别董大

唐·高适

千里黄云白日曛，北风吹雁雪纷纷。

莫愁前路无知己，天下谁人不识君。

[注释] 黄云：天上的乌云。曛（xūn）：昏暗。谁人：哪个人。

明 陈洪绶 杂画图册·远浦归帆

行路难三首·其一

唐·李白

金樽清酒斗十千，玉盘珍羞直万钱。

停杯投箸不能食，拔剑四顾心茫然。

欲渡黄河冰塞川，将登太行雪满山。

闲来垂钓碧溪上，忽复乘舟梦日边。

行路难！行路难！多歧路，今安在？

长风破浪会有时，直挂云帆济沧海。

〔注释〕金樽（zūn）：中国古代的盛酒器具。羞：同"馐"，美味的食物。直：同"值"，价值。忽复：忽然又。歧路：岔路。

明 文徵明 千岩竞秀图

天生我材必有用
千金散尽还复来

将进酒（节选）

唐·李白

人生得意须尽欢，莫使金樽空对月。

天生我材必有用，千金散尽还复来。

烹羊宰牛且为乐，会须一饮三百杯。

岑夫子，丹丘生，将进酒，杯莫停。

与君歌一曲，请君为我倾耳听。

钟鼓馔玉不足贵，但愿长醉不复醒。

古来圣贤皆寂寞，惟有饮者留其名。

[注释] 得意：适意高兴的时候。会须：应当。馔（zhuàn）玉：像玉一样珍美的食品。

明 商喜 四仙拱寿图

不知有吾身

此乐最为甚

月下独酌四首·其三

唐·李白

三月咸阳城，千花昼如锦。

谁能春独愁，对此径须饮。

穷通与修短，造化夙所禀。

一樽齐死生，万事固难审。

醉后失天地，兀然就孤枕。

不知有吾身，此乐最为甚。

[注释] 穷通：困厄与显达。修短：长短，指人的寿命。齐死生：生与死没有差别。兀然：昏然无知的样子。

清 任熊 十六应真图册（其一）

边练边学

且乐生前一杯酒

何须身后千载名

行路难三首·其三

唐·李白

有耳莫洗颍川水，有口莫食首阳蕨。

含光混世贵无名，何用孤高比云月？

吾观自古贤达人，功成不退皆殒身。

子胥既弃吴江上，屈原终投湘水滨。

陆机雄才岂自保？李斯税驾苦不早。

华亭鹤唳讵可闻？上蔡苍鹰何足道？

君不见吴中张翰称达生，秋风忽忆江东行。

且乐生前一杯酒，何须身后千载名？

〔注释〕首阳蕨：伯夷和叔齐拒食周粟，于首阳山采薇蕨而食。
税驾：犹解驾，停车。讵（jù）：岂，哪里。

清 王时敏 杜甫诗意图册之第三开

细推物理须行乐
何用浮名绊此身

曲江二首·其一

唐·杜甫

一片花飞减却春，风飘万点正愁人。

且看欲尽花经眼，莫厌伤多酒入唇。

江上小堂巢翡翠，花边高冢卧麒麟。

细推物理须行乐，何用浮名绊此身。

[注释] 翡翠：翡翠鸟。嘴侧扁，嘴峰两侧亦无鼻沟，因具有宝石般辉亮的羽衣而得名。物理：事物的道理。

清 任熊 十六应真图册（其一）

边练边学

| 随 | 富 | 随 | 贫 | 且 | 欢 | 乐 |

| 不 | 开 | 口 | 笑 | 是 | 痴 | 人 |

对酒五首·其二

唐·白居易

蜗牛角上争何事，石火光中寄此身。

随富随贫且欢乐，不开口笑是痴人。

[注释] 蜗牛角：传说中蜗牛角上有蛮触二国。右角上的叫蛮氏，左角上的叫触氏，双方常为争地而战，伏尸数万。后以"蛮触"比喻因小事争吵的双方。

清　王鉴　远山岗恋图

余辉如可托
云路岂悠悠

赋得秋日悬清光

唐·王维

寥廓凉天静，晶明白日秋。

圆光含万象，碎影入闲流。

迥与青冥合，遥同江甸浮。

昼阴殊众木，斜影下危楼。

宋玉登高怨，张衡望远愁。

余辉如可托，云路岂悠悠。

[注释] 圆光：日光。江甸：指遥远的江边。余辉：余晖，比喻天子的恩泽。云路：上天之路，比喻仕宦显达。

清 任熊 十六应真图册（其一）

边练边学

生去死来都是幻

幻人哀乐系何情

放言五首·其五

唐 · 白居易

泰山不要欺毫末，颜子无心羡老彭。

松树千年终是朽，槿花一日自为荣。

何须恋世常忧死，亦莫嫌身漫厌生。

生去死来都是幻，幻人哀乐系何情。

[注释] 颜子：指孔子弟子颜回。老彭：指传说中长寿的彭祖。
槿（jǐn)花：木槿花，开花时间短，一般朝开暮落。

❈客行随处乐❈

清 杨晋 唐解元诗意图

《唐解元诗意图》

　　现藏于辽宁省博物馆，画卷左上为唐寅的题画诗句"东向柴门对碧溪，渔庄蟹舍路人迷。苍茫烟水总前景，日出三竿唤竹鸡"。本幅平远构图，描绘了一幅江南山水的诗意画。画中农村景物写意，人物写真，花鸟草虫，夕阳芳草，意境深远。远山起伏，湖光粼粼；山坡下竹篱茅舍；柳岸边微风摇曳，小舟上渔民捕鱼，乐而忘返。用笔以淡笔渴墨勾轮廓，稍作皴染；树叶以夹叶法绘制，虚实相间，自然天成。

不见度年年

岁除夜会乐城张少府宅

唐 · 孟浩然

畴昔通家好，相知无间然。

续明催画烛，守岁接长筵。

旧曲梅花唱，新正柏酒传。

客行随处乐，不见度年年。

〔注释〕畴昔：以前。通家：指彼此世代交谊深厚，如同一家。
无间然：无隔阂。柏酒：柏叶酒。

清 任熊 十六应真图册（其一）

且乐杯中物

谁论世上名

自洛之越

唐·孟浩然

皇皇三十载，书剑两无成。

山水寻吴越，风尘厌洛京。

扁舟泛湖海，长揖谢公卿。

且乐杯中物，谁论世上名。

[注释] 皇皇：匆匆。扁舟：小船。杯中物：酒。

廬山慧公早歲種白蓮社中陶調吟謝入人莲社中陶調吟謝雲運一圖無涉而不主一時遊而長束對澄㴆靜云陶今㴆多㞫石㞫謝公亂去還束

清 上官周　庐山观莲图

人生如此自可乐
岂必局束为人靰

山石

唐 · 韩愈

山石荦确行径微，黄昏到寺蝙蝠飞。

升堂坐阶新雨足，芭蕉叶大栀子肥。

僧言古壁佛画好，以火来照所见稀。

铺床拂席置羹饭，疏粝亦足饱我饥。

夜深静卧百虫绝，清月出岭光入扉。

天明独去无道路，出入高下穷烟霏。

山红涧碧纷烂漫，时见松枥皆十围。

当流赤足踏涧石，水声激激风吹衣。

人生如此自可乐，岂必局束为人靰。

嗟哉吾党二三子，安得至老不更归。

[注释] 荦(luò)确：大而嶙峋貌。靰(jī)：马头上套的马笼头。在此比喻受人牵制。吾党：志同意合者。

清 石涛 古木垂荫图

莫道桑榆晚

为霞尚满天

酬乐天咏老见示

唐·刘禹锡

人谁不愿老，老去有谁怜。

身瘦带频减，发稀冠自偏。

废书缘惜眼，多灸为随年。

经事还谙事，阅人如阅川。

细思皆幸矣，下此便翛然。

莫道桑榆晚，为霞尚满天。

[注释] 废书：丢下书本，指不看书。谙 (ān)：熟悉。幸：幸运，引申为优点。翛 (xiāo) 然：自由自在，心情畅快的样子。

紅葉題情付御溝當時叮囑向西流
無端惹入閒□□却使君王不信妳

唐寅

明　唐寅　紅叶题诗仕女图

曾经沧海难为水
除却巫山不是云

离思五首·其四

唐·元稹

曾经沧海难为水，除却巫山不是云。

取次花丛懒回顾，半缘修道半缘君。

〔注释〕取次：草草，仓促，随意。花丛：这里并非指自然界的花丛，乃借喻美貌女子众多的地方，暗指青楼妓馆。

明 陈洪绶 卷石山茶图

春蚕到死丝方尽
蜡炬成灰泪始干

无题

唐·李商隐

相见时难别亦难，东风无力百花残。
春蚕到死丝方尽，蜡炬成灰泪始干。
晓镜但愁云鬓改，夜吟应觉月光寒。
蓬山此去无多路，青鸟殷勤为探看。

[注释] 青鸟：神话中为西王母传递音讯的神鸟。后为信使的
代称。

明 董其昌 奇峰白云图

边练边学

何当共剪西窗烛
却话巴山夜雨时

夜雨寄北

唐 · 李商隐

君问归期未有期，巴山夜雨涨秋池。

何当共剪西窗烛，却话巴山夜雨时。

[注释] 剪西窗烛：剪烛，剪去燃焦的烛芯，使灯光明亮，形容深夜秉烛长谈。却话：回头说，追述。

明 陈洪绶 宣文君授经图

离鸾别凤烟梧中
巫云蜀雨遥相通

湘妃

唐·李贺

筠竹千年老不死，长伴神娥盖江水。

蛮娘吟弄满寒空，九山静绿泪花红。

离鸾别凤烟梧中，巫云蜀雨遥相通。

幽愁秋气上青枫，凉夜波间吟古龙。

〔注释〕 蛮娘：湘中村女。离鸾别凤：指舜葬于苍梧，二妃死于湘水中，并未合葬。

明 董其昌 墨卷传衣图

不经一番寒彻骨
怎得梅花扑鼻香

上堂开示颂

唐·黄檗禅师

尘劳迥脱事非常，紧把绳头做一场。

不经一番寒彻骨，怎得梅花扑鼻香。

〔注释〕尘劳：尘念劳心。迥（jiǒng）脱：远离，指超脱。
紧把：紧紧握住。

清 恽寿平 仿古山水册·江天楼阁

边练边学

走马百战场
一剑万人敌

关羽祠送高员外还荆州

唐·郎士元

将军禀天姿，义勇冠今昔。

走马百战场，一剑万人敌。

虽为感恩者，竟是思归客。

流落荆巫间，裴回故乡隔。

离筵对祠宇，洒酒暮天碧。

去去勿复言，衔悲向陈迹。

〔注释〕禀：生成，具有。荆巫：荆山与巫山。裴（péi）回：彷徨，徘徊不进貌。

※ 应须驻白日 ※

清 郎世宁 郊原牧马图

《郊原牧马图》

　　清代画家郎世宁创作的绢本设色画，现藏于北京故宫博物院。此画又称《八骏图》，画面上八匹骏马散放于郊外旷野之中，或卧，或立，或吃草，或嬉戏，自在悠闲，放牧者在树下休憩观望。这类放牧题材的画作不是对单匹马的写生，而是综合、融汇了各种马匹的形象，所以在创作过程中画家更能充分地发挥想象力，使马匹显得活泼自然、生动有趣。

为待战方酣

战城南

唐·卢照邻

将军出紫塞，冒顿在乌贪。

笳喧雁门北，阵翼龙城南。

雕弓夜宛转，铁骑晓参驔。

应须驻白日，为待战方酣。

[注释] 冒顿（mò dú）：冒顿单于，秦末汉初匈奴的首领，此处泛指敌首。阵翼：战阵的两侧。龙城：此借指敌方的首府。为待：为的是等待。

清 郎世宁 雪点雕图

边练边学

突营射杀呼延将
独领残兵千骑归

从军行二首·其二

唐·李白

百战沙场碎铁衣，城南已合数重围。

突营射杀呼延将，独领残兵千骑归。

[注释] 碎铁衣：指身穿的盔甲都支离破碎。呼延：原是匈奴四姓贵族之一，这里指敌军的一员悍将。

清 高其佩 猛虎图

由来万夫勇

挟此生雄风

结客少年场行

唐·李白

紫燕黄金瞳，啾啾摇绿鬃。

平明相驰逐，结客洛门东。

少年学剑术，凌轹白猿公。

珠袍曳锦带，匕首插吴鸿。

由来万夫勇，挟此生雄风。

托交从剧孟，买醉入新丰。

笑尽一杯酒，杀人都市中。

羞道易水寒，从令日贯虹。

燕丹事不立，虚没秦帝宫。

舞阳死灰人，安可与成功。

[注释] 紫燕：骏马的名称。鬃（zōng）：指马的鬃毛。剧孟：著名侠士。舞阳：指秦舞阳，是荆轲的副手，见到秦王后特别惊恐，让秦王有所察觉。

明 朱竺 梅茶山雀图

相思一夜梅花发
忽到窗前疑是君

有所思（节选）

唐 · 卢仝

梦中醉卧巫山云，觉来泪滴湘江水。

湘江两岸花木深，美人不见愁人心。

含愁更奏绿绮琴，调高弦绝无知音。

美人兮美人，不知为暮雨兮为朝云。

相思一夜梅花发，忽到窗前疑是君。

〔注释〕 巫山云、暮雨、朝云：皆指巫山云雨、男女幽会之意。
绿绮：古琴别称。

清　赵之谦　春满枝头

边练边学

何物最先知

虚庭草争出

春雨后

唐 · 孟郊

昨夜一霎雨，天意苏群物。

何物最先知，虚庭草争出。

[注释] 一霎：淅淅沥沥，言雨小。

清 任熊 十六应真图册（其一）

阿母亲教学步虚

三元长遣下蓬壶

步虚

唐·司空图

阿母亲教学步虚，三元长遣下蓬壶。

云韶韵俗停瑶瑟，鸾鹤飞低拂宝炉。

[注释] 三元：指玄、元、始三祖气。蓬壶：蓬莱。古代传说中的海上仙山。云韶：黄帝《云门》乐和虞舜《大韶》乐的合称。瑶瑟：指用玉装饰的琴瑟。

含饴弄孙

后汉书曰则德马太后尝曰吾但当含饴弄孙不复关政事

清 焦秉贞 历朝贤后故事图册·含饴弄孙

母爱无所报

人生更何求

送母回乡

唐·李商隐

停车茫茫顾，困我成楚囚。

感伤从中起，悲泪哽在喉。

慈母方病重，欲将名医投。

车接今在急，天竟情不留！

母爱无所报，人生更何求！

［注释］楚囚：本指春秋时被停到晋国的楚国人钟仪，后用
来借指被囚禁的人，也比喻处境窘迫、无计可施的人。
哽（gěng）：因感情激动导致喉咙阻塞发不出声音。

清 焦秉贞 历朝贤后故事图册·葛覃亲采

葛覃观絺

太姒武王之母依朝
太佀之藏声贵人须
其勤险之缔田葛之
草亨絺于中谷缔景
此是刘迁遺为絺
为绤服之无斁

边练边学

应须饱经术
已似爱文章

又示宗武

唐 · 杜甫

觅句新知律，摊书解满床。

试吟青玉案，莫羡紫罗囊。

假日从时饮，明年共我长。

应须饱经术，已似爱文章。

十五男儿志，三千弟子行。

曾参与游夏，达者得升堂。

〔注释〕青玉案：泛指古诗。紫罗囊：喻指香囊，或喻精美之物。游夏：子游（言偃）与子夏（卜商）的并称。

清 袁耀 山水四条屏-扬州四景·万松叠翠

边练边学

洛阳城里见秋风

欲作家书意万重

秋思

唐·张籍

洛阳城里见秋风，欲作家书意万重。

复恐匆匆说不尽，行人临发又开封。

〔注释〕意万重：形容思绪万千。行人：指捎信的人。开封：拆开已经封好的家书。

清 郎世宁 双狮图

更 催 飞 将 追 骄 虏
莫 遣 沙 场 匹 马 还

军城早秋

唐·严武

昨夜秋风入汉关，朔云边月满西山。

更催飞将追骄虏，莫遣沙场匹马还。

[注释] 更催：再次催促。骄虏：指唐朝时入侵的吐蕃军队。
莫遣：不要让。

明　董其昌　石磴飞流图

九曲黄河万里沙
浪淘风簸自天涯

浪淘沙九首·其一

唐·刘禹锡

九曲黄河万里沙，浪淘风簸自天涯。

如今直上银河去，同到牵牛织女家。

〔注释〕九曲：自古相传黄河有九道弯。簸：振荡，上下簸动。
牵牛：即传说中的牛郎。

✕长安何处在✕

清 郎世宁 百骏图

《百骏图》

　　清代宫廷画家郎世宁创作的绘画作品，是中国十大传世名画之一。此图共绘有100匹骏马，姿势各异，或立、或奔、或跪、或卧，可谓曲尽骏马之态。画面的首尾各有牧者数人，控制着整个马群，体现了一种人与自然界其他生物间的和谐关系。

边练边学

只在马蹄下

忆长安曲二章寄庞潍

唐 · 岑参

东望望长安，正值日初出。

长安不可见，喜见长安日。

长安何处在，只在马蹄下。

明日归长安，为君急走马。

［注释］喜：高兴。

清 任熊 十六应真图册（其一）

边练边学

从此唯行乐
闲愁奈我何

春日东山正堂作

唐·李建勋

身闲赢得出，天气渐暄和。

蜀马登山稳，南朝古寺多。

早花微弄色，新酒欲生波。

从此唯行乐，闲愁奈我何。

〔注释〕暄和：暖和，温暖。蜀马：一种体形较小的马。

清 袁耀 山庄秋稔图

丈夫皆有志
会见立功勋

出塞

唐·杨炯

塞外欲纷纭，雌雄犹未分。

明堂占气色，华盖辨星文。

二月河魁将，三千太乙军。

丈夫皆有志，会见立功勋。

[注释] 太乙军：喻指"神兵"。会见（xiàn）：机会出现。

清 王时敏 杜甫诗意图册之第八开

丈夫四方志

安可辞固穷

前出塞九首·其九

唐 · 杜甫

从军十年余，能无分寸功。

众人贵苟得，欲语羞雷同。

中原有斗争，况在狄与戎。

丈夫四方志，安可辞固穷。

[注释] 众人：指一般将士。苟得：指争功贪赏。雷同：指随声附和，也指不该相同而相同。

清 王时敏 南山积翠图

男儿屈穷心不穷
枯荣不等嗔天公

野歌

唐·李贺

鸦翎羽箭山桑弓，仰天射落衔芦鸿。

麻衣黑肥冲北风，带酒日晚歌田中。

男儿屈穷心不穷，枯荣不等嗔天公。

寒风又变为春柳，条条看即烟濛濛。

[注释] 黑肥：形容衣服脏脏肥大。枯荣：贱贵，指人生的得意和失意。嗔（chēn）：生气，发怒。天公：老天。看即：随即。

清 袁耀 山水四条屏－扬州四景·春台明月

边练边学

十载长安得一第

何须空腹用高心

答章孝标

唐·李绅

假金方用真金镀，若是真金不镀金。

十载长安得一第，何须空腹用高心。

〔注释〕第：科第。科举时代称考中叫及第，没有考中叫落第。
高心：远大的志向。

清 李方膺 松树图

愿君学长松
慎勿作桃李

赠韦侍御黄裳二首·其一

唐·李白

太华生长松，亭亭凌霜雪。

天与百尺高，岂为微飙折。

桃李卖阳艳，路人行且迷。

春光扫地尽，碧叶成黄泥。

愿君学长松，慎勿作桃李。

受屈不改心，然后知君子。

〔注释〕太华：指西岳华山。飙（biāo）：暴风。阳艳：亮丽美艳。

清 恽寿平 仿古山水册·江山霁雪

愿得此身长报国

何须生入玉门关

塞上曲二首·其二

唐 · 戴叔伦

汉家旌帜满阴山，不遣胡儿匹马还。

愿得此身长报国，何须生入玉门关。

[注释] 旌帜：旗帜。

山頭雙瀑瀉遙泉　瀉落孟衡入玉
泉　行到斷岸不辨雲　仍上錫到峯
前　鳴雙泉

明 梅清 鳴泉图

男子本悬弧
有志在四方

始建射侯

唐 · 韦应物

男子本悬弧，有志在四方。

虎竹忝明命，熊侯始张皇。

宾登时事毕，诸将备戎装。

星飞的屡破，鼓噪武更扬。

曾习邹鲁学，亦陪鸳鹭翔。

一朝愿投笔，世难激中肠。

［注释］悬弧：古代尚武，生男孩则于门左悬挂一张弓，后称生子为"悬弧"。忝：辱，有愧于，常用作谦辞。

明 陈洪绶 红荷轴

边练边学

愿君多采撷
此物最相思

相思

唐·王维

红豆生南国，春来发几枝。

愿君多采撷，此物最相思。

［注释］采撷（xié）：采摘。

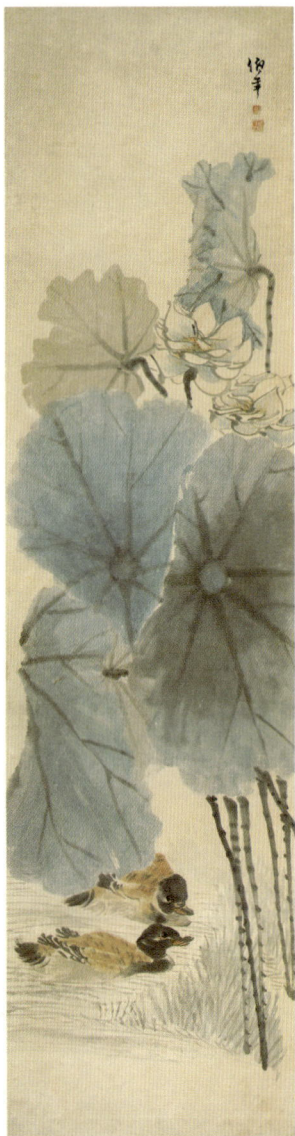

清　任頤　荷花鴛鴦

| 逢 | 郎 | 欲 | 语 | 低 | 头 | 笑 |

| 碧 | 玉 | 搔 | 头 | 落 | 水 | 中 |

采莲曲

唐·白居易

菱叶萦波荷飐风，荷花深处小舟通。

逢郎欲语低头笑，碧玉搔头落水中。

[注释] 飐（zhǎn）：风吹物使其颤动。搔头：簪子的别称。

清 王翚、王时敏 仿古山水·柴门涧水

东边日出西边雨
道是无晴却有晴

竹枝词二首·其一

唐·刘禹锡

杨柳青青江水平，闻郎江上唱歌声。
东边日出西边雨，道是无晴却有晴。

[注释] 晴：双关语，晴情谐音，无晴有晴即无情有情。

青骢嘶动
控芳埃墙
外红枝卢
内开只有杏
花真得意
三年又见
状元来
杭人金农
画并题

清 金农 杂花图册·杏花

红豆不堪看
满眼相思泪

生查子·新月曲如眉

五代·牛希济

新月曲如眉，未有团圆意。

红豆不堪看，满眼相思泪。

终日擘桃穰，人在心儿里。

两朵隔墙花，早晚成连理。

［注释］ 擘（bāi）：同"掰"。桃穰（ráng）：桃肉。穰，同"瓤"。

清 黄慎 商山四皓图

立身卓尔青松操
挺志铿然白璧姿

辞蜀相妻女诗

五代·黄崇嘏

一辞拾翠碧江湄，贫守蓬茅但赋诗。

自服蓝衫居郡掾，永抛鸾镜画蛾眉。

立身卓尔青松操，挺志铿然白璧姿。

幕府若容为坦腹，愿天速变作男儿。

[注释] 拾翠：拾取翠鸟羽毛以为首饰，后多指妇女游春。郡掾（yuàn）：郡吏，为太守的下属官吏。鸾镜：妆镜。铿（kēng）然：坚实貌。

宋 佚名 霜筱寒雏图

长命女·春日宴

五代·冯延巳

春日宴，绿酒一杯歌一遍。

再拜陈三愿：一愿郎君千岁，二愿妾身常健，三愿如同梁上燕，岁岁长相见。

[注释] 绿酒：古时米酒酿成未滤时，面浮米渣，呈淡绿色，故名。
妾身：古时女子对自己的谦称。

宋 李唐 万壑松风图

一点浩然气
千里快哉风

水调歌头·黄州快哉亭赠张偓佺

宋·苏轼

落日绣帘卷，亭下水连空。知君为我新作，窗户湿青红。长记平山堂上，欹枕江南烟雨，杳杳没孤鸿。认得醉翁语，山色有无中。

一千顷，都镜净，倒碧峰。忽然浪起，掀舞一叶白头翁。堪笑兰台公子，未解庄生天籁，刚道有雌雄。一点浩然气，千里快哉风。

[注释] 湿青红：谓漆色鲜润。欹（qī）枕：谓卧着可以看望。杳杳（yǎo yǎo）：形容幽静深远的样子。一叶：指小舟。白头翁：指老船夫。

崇雲蔽虧林木行徑喜其高隱山家幽居圖
方壺宣員峰屋宏黃石戍书邨放冬秋
頁骨亭獨昼垂於案玉鎮溪樓八镜廬
石之家集群一膝峰平留
戊戌荷秋月上澣所題

宋 燕文贵 溪山楼观图

老夫聊发少年狂
左牵黄，右擎苍

江城子·密州出猎

宋·苏轼

老夫聊发少年狂，左牵黄，右擎苍。锦帽貂裘，千骑卷平冈。为报倾城随太守，亲射虎，看孙郎。

酒酣胸胆尚开张，鬓微霜，又何妨！持节云中，何日遣冯唐？会挽雕弓如满月，西北望，射天狼。

[注释] 老夫：作者自称，时年三十八。微霜：稍白。持节：是指奉有朝廷重大使命。

楊士賢寒山飛瀑

宋 杨士贤 寒山飞瀑图

边练边学

举头西北浮云

倚天万里须长剑

水龙吟·过南剑双溪楼

宋·辛弃疾

举头西北浮云，倚天万里须长剑。人言此地，夜深长见，斗牛光焰。我觉山高，潭空水冷，月明星淡。待燃犀下看，凭栏却怕，风雷怒，鱼龙惨。

峡束苍江对起，过危楼，欲飞还敛。元龙老矣，不妨高卧，冰壶凉簟。千古兴亡，百年悲笑，一时登览。问何人又卸，片帆沙岸，系斜阳缆。

〔注释〕鱼龙：指水中怪物，暗喻朝中阻遏抗战的小人。束：夹峙。簟（diàn）：竹席。缆：系船用的绳子。

宋 赵佶 文会图

万卷诗书事业
尝试与君谋

水调歌头·舟次扬州和人韵

宋·辛弃疾

　　落日塞尘起，胡骑猎清秋。汉家组练十万，列舰耸高楼。谁道投鞭飞渡？忆昔鸣髇血污，风雨佛狸愁。季子正年少，匹马黑貂裘。

　　今老矣，搔白首，过扬州。倦游欲去江上，手种橘千头。二客东南名胜，万卷诗书事业，尝试与君谋。莫射南山虎，直觅富民侯。

[注释] 塞尘起：边疆发生了战事。鸣髇（xiāo）：一种响箭，射时发声。佛（bì）狸：后魏太武帝拓跋焘小字佛狸，曾率师南侵，此借指金主完颜亮。倦游：倦于宦游，即厌于做官。

宋 萧照 秋山红树图

边练边学

六月二十日夜渡海

宋·苏轼

参横斗转欲三更，苦雨终风也解晴。

云散月明谁点缀？天容海色本澄清。

空余鲁叟乘桴意，粗识轩辕奏乐声。

九死南荒吾不恨，兹游奇绝冠平生。

[注释] 参（shēn）横斗转：参星横斜，北斗星转向，说明时值夜深。鲁叟：指孔子。桴（fú）：小筏子。兹游：这次海南游历。

宋 佚名 仙山楼阁图

从来胆大胸隔宽
虎豹亿万虬龙千

少时作

宋·陆九渊

从来胆大胸隔宽，虎豹亿万虬龙千，从头收拾一口吞。

有时此辈未妥帖，哮吼大嚼无毫全。

朝饮渤澥水，暮宿昆仑巅。

连山以为琴，长河为之弦。

万古不传音，吾当为君宣。

[注释] 虬（qiú）：古代传说中一种有角的龙。渤澥（xiè）：渤海的古称。

当年万里觅封侯

明 仇英 上林赋图（局部）

《上林赋图》

　　仇英此画意境取自西汉司马相如的名篇《上林赋》，描写了汉武帝时的皇家园圃"上林苑"的美景，以及汉武帝与群臣狩猎时的壮观景象。画中极力描绘各种水陆神兽、奇花异卉，宫殿巍峨，人马逶迤，以见天子声威之浩大。人马树石造型精谨，用笔工细，设色浓艳亮丽，与赡丽之赋文相辉映。

匹马戍梁州

诉衷情·当年万里觅封侯

宋·陆游

当年万里觅封侯，匹马戍梁州。关河梦断何处？尘暗旧貂裘。

胡未灭，鬓先秋，泪空流。此生谁料，心在天山，身老沧洲！

[注释] 关河：泛指汉中前线险要的地方。梦断：梦醒。秋：秋霜，比喻年老鬓白。

宋 刘松年 松阴谈道图

君记取、封侯事在
功名不信由天

汉宫春·初自南郑来成都作

宋·陆游

羽箭雕弓，忆呼鹰古垒，截虎平川。吹笳暮归野帐，雪压青毡。淋漓醉墨，看龙蛇、飞落蛮笺。人误许、诗情将略，一时才气超然。

何事又作南来，看重阳药市，元夕灯山。花时万人乐处，欹帽垂鞭。闻歌感旧，尚时时、流涕尊前。君记取、封侯事在，功名不信由天。

[注释] 截虎：陆游在汉中时有过刺虎的故事。龙蛇：笔势飞舞的样子。蛮笺（jiān）：古时四川产的彩色笺纸。欹：歪戴。

宋 赵佶 桃鸠图

子规夜半犹啼血

不信东风唤不回

送春

宋·王令

三月残花落更开，小檐日日燕飞来。

子规夜半犹啼血，不信东风唤不回。

〔注释〕子规：杜鹃鸟。啼血：形容鸟类啼叫的悲苦，一般指杜鹃鸟的啼叫。

宋 李迪 风雨牧归图

富贵不淫贫贱乐
男儿到此是豪雄

秋日偶成二首·其二

宋·程颢

闲来无事不从容，睡觉东窗日已红。

万物静观皆自得，四时佳兴与人同。

道通天地有形外，思入风云变态中。

富贵不淫贫贱乐，男儿到此是豪雄。

[注释] 通：通达。淫：放纵。豪雄：英雄。

宋 夏圭 坐看云起图

不畏浮云遮望眼
自缘身在最高层

登飞来峰

宋·王安石

飞来山上千寻塔，闻说鸡鸣见日升。

不畏浮云遮望眼，自缘身在最高层。

[注释] 寻：古代长度单位，八尺（一说七尺）为寻。望眼：视线。

风休住

宋 郭熙 树色平远图

《树色平远图》

北宋时期画家郭熙所作的一幅绢本墨笔画，现收藏于美国大都会艺术博物馆。《树色平远图》描绘了河流两岸树色平远的景色。画中点缀有拄杖的老人、携琴捧盒的仆夫、水面的小舟和飞翔的野兔，都渲染了浓郁的诗意。

蓬舟吹取三山去

渔家傲·天接云涛连晓雾

宋·李清照

天接云涛连晓雾，星河欲转千帆舞。仿佛梦魂归帝所。闻天语，殷勤问我归何处。

我报路长嗟日暮，学诗谩有惊人句。九万里风鹏正举。风休住，蓬舟吹取三山去。

［注释］星河：银河。谩（màn）有：空有。蓬舟：像蓬蒿被风吹转的船。吹取：吹得。

明 陈嘉选 玉堂富贵图

蝶恋花·庭院深深深几许

宋·欧阳修

庭院深深深几许，杨柳堆烟，帘幕无重数。玉勒雕鞍游冶处，楼高不见章台路。

雨横风狂三月暮，门掩黄昏，无计留春住。泪眼问花花不语，乱红飞过秋千去。

[注释] 玉勒：玉制的马衔。乱红：凌乱的落花。

元 盛懋 秋江垂钓图

鹧鸪天·林断山明竹隐墙

宋·苏轼

　　林断山明竹隐墙，乱蝉衰草小池塘。翻空白鸟时时见，照水红蕖细细香。

　　村舍外，古城旁，杖藜徐步转斜阳。殷勤昨夜三更雨，又得浮生一日凉。

[注释] 翻空：飞翔在空中。红蕖(qú)：红荷花。殷勤：热情周到，这里有劳驾、有劳之意。

宋 马麟 梅竹图

枝上柳绵吹又少
天涯何处无芳草

蝶恋花·春景

宋·苏轼

花褪残红青杏小。燕子飞时，绿水人家绕。枝上柳绵吹又少，天涯何处无芳草。

墙里秋千墙外道。墙外行人，墙里佳人笑。笑渐不闻声渐悄，多情却被无情恼。

[注释] 柳绵：柳絮。多情：这里代指墙外的行人。无情：这里代指墙内的佳人。

清 蒋廷锡 画杏花松竹轴

行香子·述怀

宋·苏轼

清夜无尘，月色如银。酒斟时、须满十分。浮名浮利，虚苦劳神。叹隙中驹，石中火，梦中身。

虽抱文章，开口谁亲。且陶陶、乐尽天真。几时归去，作个闲人。对一张琴，一壶酒，一溪云。

〔注释〕虚苦：徒劳、无意义的劳苦。陶陶：无忧无虑、单纯快乐的样子。

莫等闲

金 张瑀 文姬归汉图

《文姬归汉图》

现藏于吉林省博物馆，描绘的是文姬从漠北回到中原的场景。一行 12 人的队伍在风沙中逆风前进。虽没有背景，但旗帜、人物的衣帽以及飘扬的头发，传达出了朔风飞扬的情境。主人公文姬在画面中部偏右侧一点的位置，表情沉着稳重，没有女子的娇媚活泛。其他人物有汉族、胡人官员及其随从，衣着特色足以分辨民族归属，神貌举止也很有特色。此卷用简练而有变化的笔法，画出长途行旅的气氛，人物神态真切生动。

白了少年头　空悲切

满江红·写怀

宋·岳飞

怒发冲冠，凭栏处、潇潇雨歇。抬望眼、仰天长啸，壮怀激烈。三十功名尘与土，八千里路云和月。莫等闲、白了少年头，空悲切。

靖康耻，犹未雪；臣子恨，何时灭？驾长车，踏破贺兰山缺。壮志饥餐胡虏肉，笑谈渴饮匈奴血。待从头、收拾旧山河，朝天阙。

〔注释〕等闲：轻易，随便。胡虏（lǔ）：与后文的"匈奴"均借指金兵。天阙：天子宫殿前的楼观。

宋 郭熙 秋山行旅图

此去经年

应是良辰好景虚设

雨霖铃 · 寒蝉凄切

宋 · 柳永

寒蝉凄切，对长亭晚，骤雨初歇。都门帐饮无绪，留恋处，兰舟催发。执手相看泪眼，竟无语凝噎。念去去，千里烟波，暮霭沉沉楚天阔。

多情自古伤离别，更那堪，冷落清秋节！今宵酒醒何处？杨柳岸，晓风残月。此去经年，应是良辰好景虚设。便纵有千种风情，更与何人说？

[注释] 凄切：凄凉急促。无绪：没有心思，心情不好。经年：年复一年。

两郭烟村白水环迷
雅红叶间苍山快闹名
口涛瘕瘦民嶽秋光想
像间 御题

宋 赵佶 溪山秋色图

浣溪沙·一曲新词酒一杯

宋·晏殊

一曲新词酒一杯，去年天气旧亭台。夕阳西下几时回？

无可奈何花落去，似曾相识燕归来。小园香径独徘徊。

[注释] 西下：向西方地平线落下。香径：花草芳香的小路。徘徊：来回走。

宋 郭熙 早春图

春宵一刻值千金
花有清香月有阴

春宵

宋 · 苏轼

春宵一刻值千金，花有清香月有阴。

歌管楼台声细细，秋千院落夜沉沉。

[注释] 春宵：春夜。月有阴：指月光在花下投射出朦胧的阴影。

宋 李嵩 月夜看潮图

流光容易把人抛

一剪梅·舟过吴江

宋·蒋捷

一片春愁待酒浇。江上舟摇，楼上帘招。秋娘渡与泰娘桥，风又飘飘，雨又萧萧。

何日归家洗客袍？银字笙调，心字香烧。流光容易把人抛，红了樱桃，绿了芭蕉。

〔注释〕浇：漫灌，消除。帘招：指酒旗。秋娘渡：指吴江渡。秋娘，唐代歌伎常用名，或有用以通称善歌貌美之歌伎者。银字笙：管乐器的一种。

宋 佚名 小庭戏婴图

边练边学

爆竹声中一岁除
春风送暖入屠苏

元日

宋·王安石

爆竹声中一岁除，春风送暖入屠苏。

千门万户曈曈日，总把新桃换旧符。

[注释] 屠苏:酒名。曈曈(tóng tóng):日出时光辉灿烂的样子。

元 吴廷晖 龙舟夺标图

愿我如星君如月
夜夜流光相皎洁

车遥遥篇

宋·范成大

　　车遥遥，马憧憧。君游东山东复东，安得奋飞逐西风。

　　愿我如星君如月，夜夜流光相皎洁。月暂晦，星常明。留明待月复，三五共盈盈。

[注释] 憧憧：晃动，摇曳不定。晦（huì）：昏暗，不明显。三五：十五日。盈盈：充满的样子。

江山如画

明 仇英 赤壁图（局部）

《赤壁图》

　　此画取材自宋朝苏轼的《后赤壁赋》，根据文意描绘了赤壁的景色风光。此画以石青、石绿为主色调，画苏轼携友泛舟夜游赤壁。作者用细腻的笔触将一个秋高气爽、月光如银的宁静夜晚极富诗情地融入于令人陶醉的画意之中。

一时多少豪杰

念奴娇·赤壁怀古

宋·苏轼

　　大江东去，浪淘尽，千古风流人物。故垒西边，人道是，三国周郎赤壁。乱石穿空，惊涛拍岸，卷起千堆雪。江山如画，一时多少豪杰。

　　遥想公瑾当年，小乔初嫁了，雄姿英发。羽扇纶巾，谈笑间，樯橹灰飞烟灭。故国神游，多情应笑我，早生华发。人生如梦，一尊还酹江月。

[注释] 故垒：过去遗留下来的营垒。羽扇纶（guān）巾：（手持）羽扇，（头戴）纶巾。这是古代儒者的装束，形容周瑜有儒将风度。纶巾，配有青丝带的头巾。故国：这里指旧地，当年的赤壁战场。酹（lèi）：把酒浇在地上，以表示凭吊。

明 戴进 春游晚归图

春色满园关不住
一枝红杏出墙来

游园不值

宋 · 叶绍翁

应怜屐齿印苍苔，小扣柴扉久不开。

春色满园关不住，一枝红杏出墙来。

[注释] 屐 (jī) 齿：木屐底下突出的部分。屐，木鞋。
小扣：轻轻地敲。柴扉 (fēi)：用木柴、树枝编成的门。

乾隆壬午春抄附蔡沈公写

清 沈铨 花鸟图

等闲识得东风面
万紫千红总是春

春日

宋·朱熹

胜日寻芳泗水滨，无边光景一时新。
等闲识得东风面，万紫千红总是春。

[注释] 胜日：天气晴朗的好日子。泗水：河名，在山东省中部，源于泗水县，流入淮河。

清　赵之谦　花卉图册（其一）

边练边学

竹外桃花三两枝
春江水暖鸭先知

惠崇春江晚景二首·其一

宋·苏轼

竹外桃花三两枝，春江水暖鸭先知。

蒌蒿满地芦芽短，正是河豚欲上时。

[注释] 蒌蒿（lóu hāo）：多年生草本植物，长在河滩上，嫩芽叶可食用。芦芽：芦苇的幼芽，可食用。上：指逆江而上。

清　陈枚　月曼清游图册·闲亭对弈

醉落魄·预赏景龙门追悼明节皇后

宋·赵佶

无言哽噎。看灯记得年时节。行行指月行行说。愿月常圆，休要暂时缺。

今年华市灯罗列。好灯争奈人心别。人前不敢分明说。不忍抬头，羞见旧时月。

[注释] 哽噎：哽咽，悲痛气塞，泣不成声。

宋 马远 梅石溪凫图

夜来清梦好
应是发南枝

临江仙·梅

宋·李清照

庭院深深深几许，云窗雾阁春迟。为谁憔悴损芳姿。夜来清梦好，应是发南枝。

玉瘦檀轻无限恨，南楼羌管休吹。浓香吹尽有谁知。暖风迟日也，别到杏花肥。

[注释]南枝：朝阳的梅枝。玉瘦檀（tán）轻：梅花姿态清瘦，颜色浅红。羌管：羌笛。肥：盛开。

宋 马远 寒江独钓图

边练边学

小楫轻舟
梦入芙蓉浦

苏幕遮·燎沉香

宋·周邦彦

燎沉香，消溽暑。鸟雀呼晴，侵晓窥檐语。

叶上初阳干宿雨，水面清圆，一一风荷举。

故乡遥，何日去？家住吴门，久作长安旅。

五月渔郎相忆否？小楫轻舟，梦入芙蓉浦。

［注释］燎（liáo）：烧。沉香：沉香木，其芯材可作熏香料。
溽：湿润，潮湿。宿雨：昨夜下的雨。

明　张纪　人面桃花图

春风又绿江南岸
明月何时照我还

泊船瓜洲

宋·王安石

京口瓜洲一水间，钟山只隔数重山。

春风又绿江南岸，明月何时照我还？

[注释] 绿：吹绿。京口：古城名，故址在江苏省镇江市，位于长江南岸。瓜州：在今长江北岸的扬州市南。

宋 王诜 玉楼春思图

边练边学

从别后，忆相逢
几回魂梦与君同

鹧鸪天·彩袖殷勤捧玉钟

宋·晏几道

彩袖殷勤捧玉钟,当年拚却醉颜红。

舞低杨柳楼心月,歌尽桃花扇底风。

从别后,忆相逢。几回魂梦与君同。

今宵剩把银釭照,犹恐相逢是梦中。

[注释] 玉钟:酒杯的美称。拚(pàn)却:不惜,甘愿。
银釭(gāng):银灯。

清 邹一桂 花卉八开·芙蓉竹子

边练边学

我欲穿花寻路

直入白云深处

浩气展虹霓

水调歌头·游览

宋·黄庭坚

　　瑶草一何碧，春入武陵溪。溪上桃花无数，枝上有黄鹂。我欲穿花寻路，直入白云深处，浩气展虹霓。只恐花深里，红露湿人衣。

　　坐玉石，倚玉枕，拂金徽。谪仙何处？无人伴我白螺杯。我为灵芝仙草，不为朱唇丹脸，长啸亦何为？醉舞下山去，明月逐人归。

[注释] 瑶草：仙草。谪（zhé）仙：指李白。金徽：琴上系弦之绳，借指琴。

清　王时敏　杜甫诗意图册之第七开

边练边学

中心愿 　　　
平虏保民安国

满江红·喜遇重阳

宋·宋江

喜遇重阳，更佳酿今朝新熟。见碧水丹山，黄芦苦竹。头上尽教添白发，鬓边不可无黄菊。愿樽前长叙弟兄情，如金玉。

统豺虎，御边幅，号令明，军威肃。中心愿，平虏保民安国。日月常悬忠烈胆，风尘障却奸邪目。望天王降诏，早招安，心方足。

[注释] 金玉：比喻珍贵和美好。中心愿：心中的愿望。

明　董其昌　九峰寒翠图

丑奴儿·书博山道中壁

宋·辛弃疾

少年不识愁滋味，爱上层楼。爱上层楼，为赋新词强说愁。

而今识尽愁滋味，欲说还休。欲说还休，却道"天凉好个秋"！

清 王翚、王时敏 仿古山水·山云化雨

边练边学

臣心一片磁针石

不指南方不肯休

扬子江

宋·文天祥

几日随风北海游，

回从扬子大江头。

臣心一片磁针石，

不指南方不肯休。

[注释] 北海：这里指北方。磁针石：指南针。南方：这里指南宋王朝。

清 任熊 十六应真图册（其一）

边练边学

少年有志东山卧
晚岁方图北海游

送李义夫出游二首·其二

宋·陆文圭

少年有志东山卧，晚岁方图北海游。

糊口饥宁甘半菽，挂胸气尚食全牛。

问唐元振今谁在，欲赵平原何处求。

赤日洪崖两相危，不妨诗句各风流。

[注释] 半菽（shū）：半菜半粮，指粗劣的饭食。菽，豆类的总称。洪崖：传说中的仙人名。

清 袁耀 山水四条屏 - 扬州四景 · 平岗艳雪

人生自古谁无死
留取丹心照汗青

过零丁洋

宋·文天祥

辛苦遭逢起一经，干戈寥落四周星。

山河破碎风飘絮，身世浮沉雨打萍。

惶恐滩头说惶恐，零丁洋里叹零丁。

人生自古谁无死？留取丹心照汗青。

[注释] 零丁洋："伶丁洋"，今广东珠江口外。1278年底，文天祥率军在广东五坡岭与元军激战，兵败被俘，囚禁船上曾经过零丁洋。零丁：孤苦无依的样子。丹心：红心，比喻忠心。

清　石涛　兰竹当风图

无情尺水犹能鉴
有志精金尚可镌

次韵和欧勉甫见送

宋·孔武仲

抱关委吏可忘年，而况吾从志圣贤。

策马渐随南去雁，寄声应有北归船。

无情尺水犹能鉴，有志精金尚可镌。

愿以此心推一邑，他时不负赠行篇。

〔注释〕 寄声：托人传话。尺水：小股水流，浅水。
镌（juān）：刻，凿。

清　任熊　十万图册·万松叠绿

有人志业坚如此
那不流传世上名

和张文彦所寄二绝·其一

宋·王洋

家有千章教子经，言无一字不堪行。

有人志业坚如此，那不流传世上名。

[注释] 堪：能，可以。

清　沈铨　桂鹤图

边练边学

有志须身健
关心在岁寒

送郑丈赴建宁五首·其二

宋·叶适

有志须身健，关心在岁寒。

一时诸老尽，多见大名难。

湖海方连旱，瓯闽适少宽。

为州人不乏，千万强加餐。

[注释] 岁寒：一年中的寒冷季节，深冬。

清　郎世宁　嵩献英芝图

有志向曾言国事
论心何止在科名

送邵瓜坡试湖南漕举

宋 · 乐雷发

槐花匝路促湘行，闽赋唐诗旧擅声。

有志向曾言国事，论心何止在科名。

毕方夜煽杭都火，大角秋缠蜀道兵。

莫作腐儒场屋话，琅玕满腹正须呈。

〔注释〕腐儒：迂腐的儒生，只知读书，不通世事。
琅玕（láng gān）：像珠子的美石，比喻华美的辞藻或佳文。

明 商喜 关羽擒将图

边练边学

生当作人杰

死亦为鬼雄

夏日绝句

宋·李清照

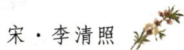

生当作人杰，死亦为鬼雄。

至今思项羽，不肯过江东。

〔注释〕鬼雄：鬼中之雄杰，用以誉为国捐躯者。

清　王翚、王时敏　仿古山水·夏木垂阴

边练边学

沧海可填山可移

男儿志气当如斯

盱眙行（节选）

宋·刘过

何不夜投将军飞，劝上征伐鞭四夷。

沧海可填山可移，男儿志气当如斯。

安能生死困毛锥，八韵作赋五字诗。

金牌郎君黄头儿，有眼不忍重见之。

[注释] 四夷：古代对四方少数民族的统称，包括东夷、南蛮、北狄和西戎。毛锥：即毛锥子，泛称笔。

清 石涛 云山图

苏才翁挽诗二首·其二

宋 · 欧阳修

雄心壮志两峥嵘，谁谓中年志不成。

零落篇章为世宝，平生风义见交情。

青松月下泉台路，白草原头薤露声。

自古英豪皆若此，哭君徒有泪沾缨。

[注释] 峥嵘：不平凡，不寻常。薤（xiè）露：古代的挽歌。

清　恽寿平　仿古山水册·夏山

远戍十年临的博
壮图万里战皋兰

书愤五首·其三

宋·陆游

镜里流年两鬓残，寸心自许尚如丹。

衰迟罢试戎衣窄，悲愤犹争宝剑寒。

远戍十年临的博，壮图万里战皋兰。

关河自古无穷事，谁料如今袖手看。

〔注释〕寸心：微小的心意。戎衣：军衣。的博：又作"滴博"，
山岭名，在四川理县东南，这里泛指川陕。

清 郎世宁 柳荫双骏图

边练边学

上马击狂胡

下马草军书

观大散关图有感 （节选）

宋·陆游

上马击狂胡，下马草军书。

二十抱此志，五十犹癯儒。

大散陈仓间，山川郁盘纡。

劲气钟义士，可与共壮图。

[注释] 狂胡：指金人。癯（qú）儒：瘦弱书生。癯，瘦。
盘纡（yū）：盘曲迂回。钟：专注。

宋 马远 晓雪山行图

眼中形势胸中策

缓步徐行静不哗

早发

宋·宗泽

繖幄垂垂马踏沙，水长山远路多花。

眼中形势胸中策，缓步徐行静不哗。

[注释] 繖幄（sǎn wò）：指伞盖。繖，同"伞"，遮挡雨水或阳光的用具。幄，形容房屋的帐幕。徐行：慢速前进。哗：嘈杂的声音。

清 王时敏 云峰树色图

从军行

宋·张玉娘

三十遴骁勇，从军事北荒。

流星飞玉弹，宝剑落秋霜。

书角吹杨柳，金山险马当。

长驱空朔漠，驰捷报明王。

[注释] 遴：谨慎选择。骁勇：勇猛。秋霜：秋日的霜。朔（shuò）漠：北方沙漠地带。

清 王翚、王时敏 仿古山水·萧寺晚晴

边练边学

气压关河力拔山

绝人武勇更无前

西楚霸王庙二绝·其一

宋·陈淳

气压关河力拔山，绝人武勇更无前。

若于今代当戎寄，子弟何须用八千。

[注释] 绝人：盖世之人，也即世间少有的人。戎（róng）寄：委以军务。戎，兵器，军事，军旅。

清 任熊 十六应真图册（其一）

边练边学

莫笑狂夫老更狂

推轮怒臂勇螳螂

又一首

宋·谢绪

莫笑狂夫老更狂，推轮怒臂勇螳螂。

三军未复图中土，万姓空悲塞外乡。

动地声名悬宇宙，擎天气概荡边疆。

忠心自古人人有，莫笑狂夫心更狂。

[注释] 推轮：推动车轮。

清 任熊 十六应真图册（其一）

边练边学

诚能勇一往
所进岂寸尺

送蒲元礼南归（节选）

宋 · 黄庭坚

蕲春向鄂渚，曾不三四驿。

吾师李武昌，金声而玉德。

诚能勇一往，所进岂寸尺。

江南后生秀，居多门下客。

愿君从之游，琢磨就圭璧。

斗酒清夜阑，缺月挂屋壁。

鸡鸣马就辔，少别安足惜。

人生共一世，谁能无行役。

[注释] 圭（guī）璧：玉石。辔（pèi）：驾驭牲口的嚼子和缰绳。

清　任熊　十六应真图册（其一）

边练边学

改过贵乎勇

不勇真自弃

赠吴氏甥二首·其一（节选）

宋·袁燮

男儿何所急，为学要立志。

此志苟坚强，天下无难事。

超然贵于物，万善无不备。

厥初本高明，有过则昏蔽。

但能改其过，辉光照无际。

厥初本笃实，有过则虚伪。

但能改其过，金玉等精粹。

改过贵乎勇，不勇真自弃。

有过如坑阱，改过如平地。

平地可安行，坑阱宜急避。

〔注释〕厥（jué）初：最开始。坑阱：深坑。

细草绵如发 春菲特相邀
花如著雨半碧瀣红泉

清 华岩 观泉图

边练边学

盖世英雄宁畏死
一时忠勇更无谁

偈颂一百五十首 · 其五十

宋 · 释心月

赤心报国丈夫儿，进退存亡己自知。

盖世英雄宁畏死，一时忠勇更无谁。

冶城夜月将军墓，蒋岳春云武帝祠。

从此龙光山下寺，龟哥也著载丰碑。

[注释] 赤心：赤诚之心。宁：岂。

清　王时敏　杜甫诗意图册之第十一开

壮岁旌旗拥万夫
锦襜突骑渡江初

鹧鸪天·有客慨然谈功名因追念少年时事戏作

宋·辛弃疾

壮岁旌旗拥万夫,锦襜突骑渡江初。

燕兵夜娖银胡䩮,汉箭朝飞金仆姑。

追往事,叹今吾,春风不染白髭须。

却将万字平戎策,换得东家种树书。

[注释] 襜(chān):战袍。娖(chuò):整理的意思。
胡䩮(lù):箭袋。金仆姑:箭名。髭(zī):嘴上边的胡子。
种树书:表示退休归耕农田。

清 王翚、王时敏 仿古山水·痴翁沙矶

边练边学

门前流水尚能西

休将白发唱黄鸡

浣溪沙·游蕲水清泉寺

宋·苏轼

山下兰芽短浸溪，松间沙路净无泥，萧萧暮雨子规啼。

谁道人生无再少？门前流水尚能西！休将白发唱黄鸡。

[注释] 萧萧：形容雨声。黄鸡：黄鸡报时，喻光阴易逝。

清 任熊 十六应真图册（其一）

边练边学

凭谁问，廉颇老矣
尚能饭否？

永遇乐·京口北固亭怀古

宋·辛弃疾

千古江山，英雄无觅孙仲谋处。舞榭歌台，风流总被雨打风吹去。斜阳草树，寻常巷陌，人道寄奴曾住。想当年，金戈铁马，气吞万里如虎。

元嘉草草，封狼居胥，赢得仓皇北顾。四十三年，望中犹记，烽火扬州路。可堪回首，佛狸祠下，一片神鸦社鼓。凭谁问，廉颇老矣，尚能饭否？

[注释] 寄奴：南朝宋高祖刘裕的小名。元嘉：刘裕子宋文帝刘义隆年号。草草：轻率。赢得：剩得，落得。

清 任熊 十万图册·万笏朝天

边练边学

山重水复疑无路
柳暗花明又一村

游山西村

宋·陆游

莫笑农家腊酒浑，丰年留客足鸡豚。

山重水复疑无路，柳暗花明又一村。

箫鼓追随春社近，衣冠简朴古风存。

从今若许闲乘月，拄杖无时夜叩门。

[注释] 豚（tún）：小猪，文中代指猪肉。箫鼓：吹箫打鼓。春社：古时立春后第五个戊日为春社日，祭祀土地神，以祈丰收。乘月：趁着月光。

清　吴宏　柘溪草堂图

中原麟凤争自奋
残虏犬羊何足吓

送辛幼安殿撰造朝（节选）

宋·陆游

大材小用古所叹，管仲萧何实流亚。

天山挂旆或少须，先挽银河洗嵩华。

中原麟凤争自奋，残虏犬羊何足吓。

但令小试出绪余，青史英豪可雄跨。

[注释] 流亚：同一类的人或物。旆（pèi）：泛指旌旗。绪余：
抽丝后留在蚕茧上的残丝。

明 仇英 人物故事图册·贵妃晓妆

两情若是久长时
又岂在朝朝暮暮

鹊桥仙·纤云弄巧

宋·秦观

纤云弄巧，飞星传恨，银汉迢迢暗度。金风玉露一相逢，便胜却人间无数。

柔情似水，佳期如梦，忍顾鹊桥归路！两情若是久长时，又岂在朝朝暮暮。

[注释] 银汉：银河。金风玉露：原指牛郎织女七夕相会，现多指男女相爱相知相伴相守，泛指秋天的景物，一般用来描写爱情。忍顾：怎忍回视。

明 唐寅 王蜀宫妓图

鸿雁在云鱼在水
惆怅此情难寄

清平乐·红笺小字

宋·晏殊

红笺小字，说尽平生意。鸿雁在云鱼在水，惆怅此情难寄。

斜阳独倚西楼，遥山恰对帘钩。人面不知何处，绿波依旧东流。

〔注释〕平生意：平生相慕相爱之意。惆怅（chóu chàng）：失意，伤感。

明 仇英 人物故事图册·浔阳琵琶

蝶恋花·伫倚危楼风细细

宋·柳永

伫倚危楼风细细。望极春愁，黯黯生天际。草色烟光残照里，无言谁会凭阑意。

拟把疏狂图一醉。对酒当歌，强乐还无味。衣带渐宽终不悔，为伊消得人憔悴。

[注释] 阑：通"栏"。憔悴（qiáo cuì）：瘦弱无力，脸色难看的样子。

明 仇英 人物故事图册·南华秋水

钗头凤·红酥手

宋·陆游

红酥手，黄縢酒，满城春色宫墙柳。东风恶，欢情薄。一怀愁绪，几年离索。错，错，错！

春如旧，人空瘦，泪痕红浥鲛绡透。桃花落，闲池阁。山盟虽在，锦书难托。莫，莫，莫！

[注释] 离索：离群索居。浥（yì）：打湿。鲛绡（jiāo xiāo）：薄纱。山盟：旧时常用"山盟海誓"，指对山立盟，指海起誓。锦书：华美的文书。

明 仇英 人物故事图册·高山流水

人成各，今非昨
病魂常似秋千索

钗头凤·世情薄

宋·唐婉

世情薄，人情恶，雨送黄昏花易落。晓风干，泪痕残。欲笺心事，独语斜阑。难！难！难！

人成各，今非昨，病魂常似秋千索。角声寒，夜阑珊。怕人寻问，咽泪妆欢。瞒！瞒！瞒！

〔注释〕笺：原指写字的纸，此处名词作动词用，写的意思。
阑：阑干，即栏杆。阑珊：衰落、凋零，将尽。

明 陈洪绶 杂画图册·溪石图

伤心桥下春波绿
曾是惊鸿照影来

沈园二首·其一

宋·陆游

城上斜阳画角哀，沈园非复旧池台，

伤心桥下春波绿，曾是惊鸿照影来。

[注释] 画角：绘有花纹的号角，古代用来报时。惊鸿：这里指记忆中当年妻子唐婉的神态。

高臺望水著孤亭松柏
傳來六月青當兩遠山舊
□□若見天□釣志枕

康辰臘月以智

明 方以智 松柏圖

千秋岁·数声鶗鴂

宋·张先

数声鶗鴂，又报芳菲歇。惜春更把残红折。雨轻风色暴，梅子青时节。永丰柳，无人尽日花飞雪。

莫把幺弦拨，怨极弦能说。天不老，情难绝。心似双丝网，中有千千结。夜过也，东窗未白凝残月。

[注释] 鶗鴂（tí jué）：古书上指杜鹃鸟，又称布谷鸟。
永丰柳：泛指园柳。幺弦：琵琶的第四弦，借指琵琶。

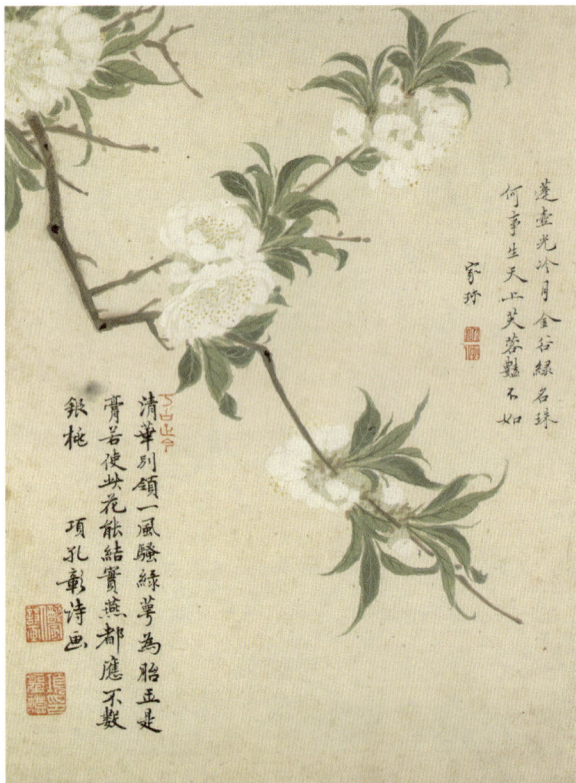

蓬壺光冷月金谷綠名珠
何事生天止笑容難不如
　容穆

清華別領一風騷綠萼為胎玉是
霄若使此花能結實燕都應不數
銀桃

項孔彰詩畫

明　項聖謨　花卉十开·银桃

莫道不消魂，
帘卷西风，人比黄花瘦

醉花阴·薄雾浓云愁永昼

宋·李清照

薄雾浓云愁永昼，瑞脑消金兽。佳节又重阳，玉枕纱厨，半夜凉初透。

东篱把酒黄昏后，有暗香盈袖。莫道不消魂，帘卷西风，人比黄花瘦。

[注释] 瑞脑：一种香料，又称龙脑香、冰片。金兽：兽形的铜香炉。纱厨：用纱做成的帐子。

明 吕纪 杏花孔雀图

卜算子·我住长江头

宋·李之仪

　　我住长江头，君住长江尾。日日思君不见君，共饮长江水。

　　此水几时休，此恨何时已。只愿君心似我心，定不负相思意。

[注释] 长江头：长江上游。长江尾：长江下游。休：停止。已：完结、停止。定：此处用作衬字。

明 仇英 枫溪垂钓图

边练边学

多贪缘纵欲
多欲必伤生

燕居十六首·其二

宋·彭龟年

多贪缘纵欲，多欲必伤生。

来日应难料，空留不善名。

[注释] 缘：原因，缘故。不善：不好。

明　尤求　墨笔山水人物轴

题张司业诗

宋·王安石

苏州司业诗名老，乐府皆言妙入神。

看似寻常最奇崛，成如容易却艰辛。

[注释] 苏州司业：张籍原籍苏州（吴郡），曾任国子司业一职，故称。奇崛：奇特，不同凡俗。

明 戴进 溪堂诗意图

学粗知方始为人
敢崇文貌独真诚

送行和杨廷秀韵

宋·杨时

学粗知方始为人，敢崇文貌独真诚。

意虽阿世非忘世，志不谋身岂误身。

迢遇宽恩犹得禄，归冲腊雪自生春。

君诗正似秋风快，及我征帆故起苹。

[注释] 文貌：礼文仪节。阿（ē）世：迎合世俗。

明 计盛 货郎图

从此劝君休外慕
悦亲端的在诚身

题达本庵

宋 · 陆九渊

孩提无不爱其亲，不失其心即大人。

从此劝君休外慕，悦亲端的在诚身。

[注释] 孩提：儿童。端的：真的，确实。

明　蓝瑛　云壑高逸图

精诚天地动
意愿鬼神从

雨后送李将军还祠偕同寅饮一杯亭

宋·赵汝愚

民感桑林雨，云施李靖龙。

精诚天地动，意愿鬼神从。

村喜禾花实，峰看岭岫重。

白旗辉烈日，遥映一杯浓。

[注释] 桑林雨：桑林是地名。古代传说，成汤之时，七年大旱，成汤于桑林之地祷告祈雨。岫（xiù）：山洞。白旗：白，彰显之义，白旗谓正义之师。

明 仇英 人物故事图册·捉柳花图

惟愿孩儿愚且鲁

无灾无难到公卿

洗儿戏作

宋·苏轼

人皆养子望聪明，我被聪明误一生。

惟愿孩儿愚且鲁，无灾无难到公卿。

[注释] 养子：生育子女。鲁：迟钝、笨拙。公卿：泛指高官。

清 焦秉贞 历朝贤后故事图册·女中尧舜

提携仰慈母

教诲赖诸兄

幼女生日

宋·王十朋

林钟蓂四荚，吾女此时生。

日向炎天永，月从前夜明。

提携仰慈母，教诲赖诸兄。

愿汝康而寿，人如少蕴清。

[注释] 林钟：古乐十二律之一，指农历六月。蓂（míng）四荚：指初四。古代传说中的一种瑞草。每月初一至十五，每日结一荚。

清 焦秉贞 历朝贤后故事图册·孝事周姜

边练边学

羁臣一掬泪
慈母两行书

得家讯一首

宋·刘克庄

不觉离乡久，南来驿使疏。

羁臣一掬泪，慈母两行书。

租税闻输毕，田园说歉余。

何时真宦达，处处奉潘舆。

[注释] 驿使：古代驿站传送朝廷文书者。羁臣：羁旅流窜之臣。潘舆：出自晋代潘岳的《闲居赋》，表示孝敬双亲之意。

清 焦秉贞 历朝贤后故事图册·约束外家

边练边学

月明闻杜宇
南北总关心

将母

宋·王安石

将母邗沟上，留家白纻阴。

月明闻杜宇，南北总关心。

[注释] 邗（hán）沟：联系长江和淮河的古运河。
白纻（zhù）：白色苎麻所织的细布。

清 焦秉贞 历朝贤后故事图册·教训诸王

边练边学

年小从他爱梨栗

长成须读五车书

赠外孙

宋·王安石

南山新长凤凰雏，眉目分明画不如。

年小从他爱梨栗，长成须读五车书。

[注释] 凤凰雏（chú）：指幼小的凤凰，比喻作者的外孙。雏，指幼小的，多指鸟类。从：通"纵"，放纵，放任。

身衣练服

後漢書曰明德馬皇后大练缥为衣,所居不加缘,朝望言语至敕诸夫人,见时上袍极疏,反以为绮縠,就视乃笑。后曰此缯特宜染色,故用之耳,六宫莫不叹息。

清 焦秉贞 历朝贤后故事图册·身衣练服

边练边学

三釜古人干禄意
一年慈母望归心

初望淮山

宋·黄庭坚

风裘雪帽别家林，紫燕黄鹂已夏深。

三釜古人干禄意，一年慈母望归心。

劳生逆旅何休息，病眼看山力不禁。

想见夕阳三径里，乱蝉嘶罢柳阴阴。

〔注释〕三釜：表示微薄的俸禄。干禄：求禄位、求仕进，从政谋求官职。

清 马逸 国色天香图

城上风光莺语乱
城下烟波春拍岸

玉楼春·城上风光莺语乱

宋·钱惟

城上风光莺语乱，城下烟波春拍岸。

绿杨芳草几时休，泪眼愁肠先已断。

情怀渐觉成衰晚，鸾镜朱颜惊暗换。

昔年多病厌芳尊，今日芳尊惟恐浅。

[注释] 鸾镜：妆镜。芳尊：盛满美酒的酒杯，也指美酒。

清　王翚、王时敏　仿古山水册·平林散牧

边练边学

对潇潇暮雨洒江天
一番洗清秋

八声甘州

宋·柳永

　　对潇潇暮雨洒江天，一番洗清秋。渐霜风凄紧，关河冷落，残照当楼。是处红衰翠减，苒苒物华休。惟有长江水，无语东流。

　　不忍登高临远，望故乡渺邈，归思难收。叹年来踪迹，何事苦淹留？想佳人、妆楼颙望，误几回、天际识归舟。争知我、倚栏杆处，正恁凝愁。

[注释] 霜风：秋风。是处：处处。渺邈：渺茫而又遥远。淹留：久留。颙（yóng）望：抬头凝望。恁（nèn）：如此。

※念桥边红药※

清 徐扬 姑苏繁华图（局部）

《姑苏繁华图》

　　清代宫廷画家徐扬创作的一幅纸本画作。该作品完成于1759年，历时24年，现收藏于辽宁省博物馆。《姑苏繁华图》，全长十二米多，画面"自灵岩山起，由木渎镇东行，过横山，渡石湖，历上方山，介狮何两山之间，入姑苏郡城，自葑、盘、胥三门出阊门外，转山塘桥，至虎丘山止"。据统计，画中约有一万两千余人，近四百只船，五十多座桥，二百多家店铺，两千多栋房屋。《姑苏繁华图》以长卷形式和散点透视技法，描绘了当时苏州"商贾辐辏，百货骈阗"的市井风情。

年年知为谁生

扬州慢·淮左名都

宋·姜夔

淮左名都，竹西佳处，解鞍少驻初程。过春风十里，尽荠麦青青。自胡马窥江去后，废池乔木，犹厌言兵。渐黄昏，清角吹寒，都在空城。

杜郎俊赏，算而今，重到须惊。纵豆蔻词工，青楼梦好，难赋深情。二十四桥仍在，波心荡，冷月无声。念桥边红药，年年知为谁生？

[注释] 淮左名都：指扬州。竹西佳处：扬州竹西路风景秀丽。解鞍：解下马鞍，表示停驻。豆蔻：指杜牧《赠别》诗中有"豆蔻梢头二月初"的句子。

清 邹一桂 花卉八开·菊花

武陵春·春晚

宋·李清照

　　风住尘香花已尽，日晚倦梳头。物是人非事事休，欲语泪先流。

　　闻说双溪春尚好，也拟泛轻舟。只恐双溪舴艋舟，载不动许多愁。

[注释] 风住尘香：风停了，尘土里带有落花的香气。舴（zé）艋（měng）舟：小船，两头尖似蚂蚱。

清 赵之谦 牡丹图

声声慢·寻寻觅觅

宋·李清照

寻寻觅觅，冷冷清清，凄凄惨惨戚戚。乍暖还寒时候，最难将息。三杯两盏淡酒，怎敌他、晚来风急！雁过也，正伤心，却是旧时相识。

满地黄花堆积。憔悴损，如今有谁堪摘？守着窗儿，独自怎生得黑？梧桐更兼细雨，到黄昏、点点滴滴。这次第，怎一个愁字了得！

[注释] 将息：调养休息，保养安宁。堪摘：乐意摘取。次第：情境，况味。

清 郎世宁 花阴双鹤图

征鸿过尽

万千心事难寄

念奴娇·春情

宋·李清照

　　萧条庭院，又斜风细雨，重门须闭。宠柳娇花寒食近，种种恼人天气。险韵诗成，扶头酒醒，别是闲滋味。征鸿过尽，万千心事难寄。

　　楼上几日春寒，帘垂四面，玉阑干慵倚。被冷香消新梦觉，不许愁人不起。清露晨流，新桐初引，多少游春意！日高烟敛，更看今日晴未？

[注释] 扶头酒：能让人精神振作的好酒，饮多则易醉。
香消：香炉中的香已烧尽。初引：叶子初长。

清 吴昌硕 称艳灼灼云锦鲜

东风夜放花千树
更吹落，星如雨

青玉案·元夕

宋·辛弃疾

　　东风夜放花千树，更吹落，星如雨。宝马雕车香满路。凤箫声动，玉壶光转，一夜鱼龙舞。

　　蛾儿雪柳黄金缕，笑语盈盈暗香去。众里寻他千百度，蓦然回首，那人却在，灯火阑珊处。

[注释] 花千树：有许多花灯的树。星如雨：燃放烟花爆竹时的火星。凤箫：排箫一类的吹奏乐器，这里泛指音乐。玉壶：原指精美的白玉灯，比喻明月。阑珊（lán shān）：将尽，衰弱。

清 王翚、王时敏 仿古山水册·山庄雪霁

边练边学

郁孤台下清江水

中间多少行人泪

菩萨蛮·书江西造口壁

宋·辛弃疾

郁孤台下清江水，中间多少行人泪。西北望长安，可怜无数山。

青山遮不住，毕竟东流去。江晚正愁余，山深闻鹧鸪。

[注释] 愁余：使我发愁。闻鹧鸪：汉代杨孚《异物志》："鹧鸪其志怀南，不思北，其鸣呼飞，'但南不北'。"词人用它来嘲讽南宋小朝廷不想恢复北方。

清 邹一桂 花卉八开·天竺水仙

卜算子·咏梅

宋·陆游

驿外断桥边，寂寞开无主。已是黄昏独自愁，更着风和雨。

无意苦争春，一任群芳妒。零落成泥碾作尘，只有香如故。

[注释] 驿外：荒僻、冷清之地。驿，驿站，驿马或官吏中途休息的专用建筑。着：遭受、承受。

清 吴昌硕 鞠有黄花

浊酒一杯家万里
燕然未勒归无计

渔家傲·秋思

宋·范仲淹

塞下秋来风景异，衡阳雁去无留意。四面边声连角起，千嶂里，长烟落日孤城闭。

浊酒一杯家万里，燕然未勒归无计。羌管悠悠霜满地，人不寐，将军白发征夫泪。

[注释] 千嶂：绵延而峻峭的山峰，崇山峻岭。燕然未勒：指战事未平，功名未立。

宋 朱锐 溪山行旅图

人生如逆旅
我亦是行人

临江仙 · 送钱穆父

宋 · 苏轼

　　一别都门三改火，天涯踏尽红尘。依然一笑作春温。无波真古井，有节是秋筠。

　　惆怅孤帆连夜发，送行淡月微云。樽前不用翠眉颦。人生如逆旅，我亦是行人。

[注释] 筠（yún）：竹。翠眉：古代妇女的一种眉饰，即画绿眉，也专指女子的眉毛。颦：皱眉头。逆旅：旅舍，旅店。

寂寞繁華兩失真
山中忽有管弦聲
小桃花也爲伴近
日青松存世情
金牛湖上詩老
畫并題二十八
字

清 金农 杂花图册·青松桃花

梅须逊雪三分白
雪却输梅一段香

雪梅二首 · 其一

宋 · 卢梅坡

梅雪争春未肯降，骚人阁笔费评章。

梅须逊雪三分白，雪却输梅一段香。

〔注释〕降（xiáng）：服输。骚人：诗人。阁笔：放下笔。阁，同
"搁"，放下。逊：不及，比不上。

清 贺清泰 白海青

道行愿见国人肥
高才久屈当奋飞

赠叔嘉叔平刘丈

宋·陈藻

木槽压油三石余，半为灯火半煮蔬。

上山伐柴五十束，九分卖钱一烧肉。

等闲八月举场归，早禾囷毕晚禾稀。

道行愿见国人肥，高才久屈当奋飞。

万一主司仍见遗，课奴种麦宜相宜。

老夫借屋蓄妻儿，寂寥惯便亦何悲。

〔注释〕举场：科举考场。囷（qūn）：古代一种圆形谷仓，引申为归仓意。

清 任颐 桃花双鸡图

奋志鹰扬正吾事
谁能闲立作春锄

和寄西山二首·其二

宋·赵希逢

残胡妄欲肆穿窬，愤激英雄起草庐。

广也数奇穷亦命，括之一败罪非书。

梦魂北阙常倾霍，饿死西山未分蔬。

奋志鹰扬正吾事，谁能闲立作春锄。

[注释] 穿窬（yú）：打洞穿墙行窃。北阙：古代宫殿北面的门楼，是臣子等候朝见或上书奏事之处，用为宫禁或朝廷的别称。舂（chōng）锄：白鹭，因其啄食的姿势有如农夫舂锄，故有此称。

清 上睿 携琴访友图

《携琴访友图》

清代上睿创作的纸本设色画。画中一位有琴童跟随的琴家，已离开自己的住舍，走上木桥，正在向闲卧在梧竹幽居中的知音友人那里进发。全图景物安排聚散合度，虚实相生。该画以极其纤美的笔触对环境进行铺垫描绘，收到了烘托人物活动和突出主题的良好效果。

勤学

宋 · 汪洙

学向勤中得，萤窗万卷书。

三冬今足用，谁笑腹空虚。

[注释] 萤窗：晋人车胤以囊盛萤，用萤火照书夜读，后因以"萤窗"形容勤学苦读。亦指读书之所。

清 恽寿平 仿古山水册·寒山行旅

少年奋笔若挥戈
兵甲胸中数万罗

和忧世寄清溪友人

宋 · 赵希逢

少年奋笔若挥戈，兵甲胸中数万罗。

一片忠肝明贯日，十分辩口势悬河。

肯同郭璞递投策，莫学楚舆狂作歌。

四海苍生望霖雨，看看离毕致滂沱。

[注释] 罗:收罗。辩口:能言善辩的口才。离毕:月亮附于毕星，是天将降雨的征兆。滂沱（pāng tuó）:形容雨下得很大。

清 任熊 十万图册·万点青莲

※ 所悲非贱贫
※ 要在奋功烈

答杨方叔感怀

宋·韩维

吾闻古志人，往往感时节。

所悲非贱贫，要在奋功烈。

子今才且少，方以艺自拔。

譬如适万里，所利轮与辖。

翻然反虚无，乃与所事别。

愿持君子叹，勉蹈古人辙。

[注释] 志人：守志隐逸的人。辖（xiá）：固定车轮与车轴位置，插入轴端孔穴的销钉。

梅古军堂花晴江

清 李方膺 梅花图

墙角数枝梅
凌寒独自开

梅花

宋 · 王安石

墙角数枝梅，凌寒独自开。

遥知不是雪，为有暗香来。

【注释】凌寒：冒着严寒。为：因为。暗香：指梅花的幽香。

清 沈铨 荷塘鸳鸯图

雪虐风饕愈凛然
花中气节最高坚

落梅

宋·陆游

雪虐风饕愈凛然，花中气节最高坚。

过时自合飘零去，耻向东君更乞怜。

醉折残梅一两枝，不妨桃李自逢时。

向来冰雪凝严地，力斡春回竟是谁？

[注释] 雪虐（nüè）风饕（tāo）：形容天气非常寒冷。东君：太阳神名，亦指太阳。斡（wò）：转，旋。

清 任熊 十万图册·万林秋色

扶衰忍冷君勿笑
报国寸心坚似铁

大雪歌（节选）

宋·陆游

银杯拌蜜非老事，石鼎煎茶且时啜。

题诗但觉退笔锋，把酒未易生耳热。

扶衰忍冷君勿笑，报国寸心坚似铁。

渔阳上谷要一行，马蹄蹴踏河冰裂。

〔注释〕啜（chuò）：尝，喝。扶衰：扶持衰弱。寸心：内心。
蹴（cù）：踩，踏，踢。

连朝风雨暗秋斋，疾起披衣首重抬。何以如此
开尊适与同新意，好客须烦数举杯。病折
黄花连蕊嚼，饿题红叶带霜裁。吴容岁岁
寄怀苦

清 石涛 对菊图

边练边学

饥能坚志节
病可养精神

自立秋前病过白露犹未平遣怀二首·其二

宋·陆游

饥能坚志节，病可养精神。

不动成罴卧，微劳学鸟伸。

功名知幻境，忧患笑前身。

药裹吾何厌，秋灯作梦新。

[注释] 罴（pí）卧：喻有志之士虽退处草野而意气犹盛。药裹：药包，药囊。

清 禹之鼎 桐禽图

边练边学

各自心坚石也穿
谁言相见难

长相思·我心坚

宋·蔡伸

我心坚，你心坚。各自心坚石也穿，谁言相见难。

小窗前，月婵娟。玉困花柔并枕眠，今宵人月圆。

[注释] 婵娟：美妙的姿容，多用来形容女子，也形容月亮、花等。

麟趾贻休

诗人咏太姒仁厚之德曰麟
之趾振振公子故曰麟性仁
厚故诗亦取仁厚文王后妃
之美系之商之二后之

清 焦秉贞 历朝贤后故事图册·麟趾贻休

边练边学

古易人皆学

惟君志益坚

宁海骆君挽词

宋·楼钥

古易人皆学，惟君志益坚。

研朱滴秋露，读简断韦编。

空谷甘无用，佳儿尚有传。

清风谁得似，竹满卧床前。

[注释] 研朱滴秋露：指用朱笔评校书籍。韦编：古代用竹简书写，用皮绳把竹简编联起来称"书编"。泛指古籍。

清 焦秉贞 历朝贤后故事图册·濯龙蚕织

边练边学

坚心好事有成时

须教人道都相称

踏莎行·雅淡容仪

宋·卢炳

雅淡容仪，温柔情性。偏伊赋得多风韵。明眸剪水玉为肌，凤鞋弓小金莲衬。

相见虽频，欢娱无定。蛮笺写了凭谁问。坚心好事有成时，须教人道都相称。

[注释] 凤鞋：旧时女子所穿的绣花鞋。以鞋头花样多绘凤凰，故称。金莲：女子的纤足。

寓真世寧插槁我少
年時入室暢然者不
知此是誰
壬寅暮春潤識

清 郎世宁 平安春信图

边练边学

物性由来易变迁
精金百炼始知坚

和泉州施通判四首·其三

宋·陈宓

物性由来易变迁，精金百炼始知坚。

相逢即可无佳语，有负殷勤见赠篇。

[注释] 精金：精炼的金属，亦指纯金。

清 王翚、王时敏 仿古山水图册·寒林古岸

边练边学

白首归来种万松

待看千尺舞霜风

寄题刁景纯藏春坞

宋·苏轼

白首归来种万松，待看千尺舞霜风。

年抛造物陶甄外，春在先生杖屦中。

杨柳长齐低户暗，樱桃烂熟滴阶红。

何时却与徐元直，共访襄阳庞德公。

[注释] 刁景纯：宋仁宗、英宗两朝任职馆阁，藏春坞是他晚年所筑居室号，坞中有石冈，种松，称万松冈。陶甄（zhēn）：制作陶器、瓦器，借喻培育人才。屦（jù）：古代用麻、葛等制成的一种鞋。

清 华岩 天山积雪图

和方丞

宋·陈宓

人物方今正眇然，哦松依旧志逾坚。
宁为鸡口羞牛后，孔圣从来耻敦鞭。

[注释] 眇然：弱小，微小。哦松：担任县丞或代指县丞。孔圣：孔
子，中国古代伟大的思想家。

清 髡残 泼墨溪山图

但幸附名镌在石
当坚一介不移心

同李文溪游通天窍

宋 · 包恢

石如红玉间乌金，上与天通直下临。

中似室庐犹短浅，外多窟宅却幽深。

公真清献游同昔，我匪元公趣异今。

但幸附名镌在石，当坚一介不移心。

〔注释〕清献：人死后追谥号为"清献"。匪：表示否定。元公：西魏文帝之子，生母不详。

清 马荃 花鸟

欲传春信息
不怕雪埋藏

梅花

宋·陈亮

疏枝横玉瘦，小萼点珠光。

一朵忽先变，百花皆后香。

欲传春信息，不怕雪埋藏。

玉笛休三弄，东君正主张。

[注释] 萼（è）：花瓣下部的一圈叶状绿色小片。点：闪着，泛着。三弄：指笛曲名"梅花三弄"。

清 赵之谦 花卉图册·红百合

边练边学

金经炉冶锋方锐
木饱风霜节始坚

送童子敬赴省

宋·姚勉

满望飞腾几许年，一闻充赋喜如颠。

金经炉冶锋方锐，木饱风霜节始坚。

此去稳登云里路，定知荣冠籍中仙。

近闻上蔡鸬洲合，一似前年锦水连。

[注释] 充赋：犹凑数，被官吏荐举给朝廷的谦词。籍中仙：古代以科举及第为登仙，因称及第者的资格与名姓籍贯为仙籍。

隔水吟窗有人浸盥斜干里橫巾尾
窗宿兩圈柳綠光卻栩怡一部塵
乾隆乙巳春新縣二人有勞歟枝詺頭題

清华岩 隔水吟窗图

边练边学

粗缯大布裹生涯
腹有诗书气自华

和董传留别

宋·苏轼

粗缯大布裹生涯，腹有诗书气自华。

厌伴老儒烹瓠叶，强随举子踏槐花。

囊空不办寻春马，眼乱行看择婿车。

得意犹堪夸世俗，诏黄新湿字如鸦。

〔注释〕举子：指被推荐参加考试的读书人。踏槐花：唐代有
"槐花黄，举子忙"俗语，槐花落时，也就是举子应试的时间了，
后因称参加科举考试为"踏槐花"。

清 任熊 十万图册·万壑争流

问渠哪得清如许

为有源头活水来

观书有感二首·其一

宋·朱熹

半亩方塘一鉴开，天光云影共徘徊。

问渠哪得清如许？为有源头活水来。

[注释] 鉴：镜子。渠：它，第三人称代词，这里指方塘之水。
清如许：这样清澈。

清 王文炜 祝寿图

少年易老学难成
一寸光阴不可轻

劝学诗

宋 · 朱熹

少年易老学难成，一寸光阴不可轻。

未觉池塘春草梦，阶前梧叶已秋声。

[注释] 不可轻：不能轻易放过。池塘春草梦：这是一个典故，此处活用其典，意谓美好的青春年华将很快消逝，如同一场春梦。

清 陈枚 月曼清游图册·踏雪寻诗

纸上得来终觉浅
绝知此事要躬行

冬夜读书示子聿八首·其三

宋·陆游

古人学问无遗力，少壮工夫老始成。

纸上得来终觉浅，绝知此事要躬行。

[注释]子聿（yù）：陆游的小儿子。绝知：深入、透彻的理解。
躬行：亲身实践。

清 郎世宁 弘历观荷抚琴图

绝句四首·其四

宋·陈师道

书当快意读易尽，客有可人期不来。

世事相违每如此，好怀百岁几回开？

[注释] 快意：称心满意。可人：合心意的朋友，品行可取的人。
好怀：好兴致。

清 王时敏 杜甫诗意图册之第二开

摊破浣溪沙·病起萧萧两鬓华

宋·李清照

病起萧萧两鬓华，卧看残月上窗纱。豆蔻连梢煎熟水，莫分茶。

枕上诗书闲处好，门前风景雨来佳。终日向人多酝藉，木犀花。

【注释】萧萧：这里形容鬓发花白、稀疏的样子。熟水：当时的一种药用饮料。酝藉：宽和，有涵容。木犀花：即桂花。

清 任熊 十万图册·万丈空流

想见读书头已白
隔溪猿哭瘴溪藤

寄黄几复

宋·黄庭坚

我居北海君南海，寄雁传书谢不能。

桃李春风一杯酒，江湖夜雨十年灯。

持家但有四立壁，治病不蕲三折肱。

想见读书头已白，隔溪猿哭瘴溪藤。

[注释] 四立壁：除了四面墙壁，其他什么都没有，形容家境清贫。蕲：祈求。肱：上臂，手臂由肘到肩的部分，古代有"三折肱知为良医"的说法。瘴溪：旧传岭南边远之地多瘴气。

清 沈铨 双鹿图

白发无情侵老境
青灯有味似儿时

秋夜读书每以二鼓尽为节

宋·陆游

腐儒碌碌叹无奇，独喜遗编不我欺。

白发无情侵老境，青灯有味似儿时。

高梧策策传寒意，叠鼓冬冬迫睡期。

秋夜渐长饥作祟，一杯山药进琼糜。

[注释] 遗编：遗留后世的著作，泛指古代典籍。琼糜：像琼浆一样甘美的粥。糜，粥。

清 陈枚 月曼清游图册·围炉博古

男儿欲遂平生志
六经勤向窗前读

劝学诗

宋·赵恒

富家不用买良田，书中自有千钟粟。

安居不用架高堂，书中自有黄金屋。

出门莫恨无人随，书中车马多如簇。

娶妻莫恨无良媒，书中自有颜如玉。

男儿欲遂平生志，六经勤向窗前读。

[注释] 千钟：极言粮多。遂：完成，成功。六经：指的是《诗经》
《书经》《礼记》《易经》《乐经》《春秋》，是孔子整理而传授的
六部先秦典籍。

清 王时敏 杜甫诗意图册之第四开

菩萨蛮·送曹君之庄所

宋·辛弃疾

人间岁月堂堂去，劝君快上青云路。圣处一灯传，工夫萤雪边。

曲生风味恶，辜负西窗约。沙岸片帆开，寄书无雁来。

[注释] 堂堂：匆匆。一灯传：源于佛教，灯能照暗，以法传人，如同传灯。萤雪：勤学苦读。曲生：酒。

拣尽寒枝不肯栖

宋 李成 寒鸦图

《寒鸦图》

　　中国宋代山水画家李成（919年—约967年）创作的一幅山水画作品。画卷图绘冬日雪后塘林木间群鸦翔集鸣噪的景象，在山水画中寓有深意。元代赵孟頫谓此图"林深雪积，寒气逼人，群乌翔集，有饥冻哀鸣之态，亦可谓能矣"，对其构思及技巧甚为推崇。

寂寞沙洲冷

卜算子 · 黄州定慧院寓居作

宋 · 苏轼

　　缺月挂疏桐，漏断人初静。时见幽人独往来，缥缈孤鸿影。

　　惊起却回头，有恨无人省。拣尽寒枝不肯栖，寂寞沙洲冷。

[注释] 漏断：指深夜。漏，古人计时用的漏壶。幽人：幽居的人，形容孤雁。

宋　朱光普　江亭晚眺图

小舟从此逝
江海寄余生

临江仙 · 夜饮东坡醒复醉

宋 · 苏轼

夜饮东坡醒复醉，归来仿佛三更。家童鼻息已雷鸣。敲门都不应，倚杖听江声。

长恨此身非我有，何时忘却营营。夜阑风静縠纹平。小舟从此逝，江海寄余生。

[注释] 营营：往来不绝的样子。这里引申为追求名利，为名利所纷扰。縠（hú）纹：绉纱似的皱纹，喻指水面上细小的波纹。

宋 崔白 沙渚凫雏图

边练边学

| 归 | 去 | | | | |

| 也 | 无 | 风 | 雨 | 也 | 无 | 晴 |

定风波·莫听穿林打叶声

宋·苏轼

　　莫听穿林打叶声，何妨吟啸且徐行。竹杖芒鞋轻胜马，谁怕？一蓑烟雨任平生。

　　料峭春风吹酒醒，微冷，山头斜照却相迎。回首向来萧瑟处，归去，也无风雨也无晴。

[注释]　芒鞋：草编成的鞋。料峭（liào qiào）：形容春天的寒冷。

此情深处

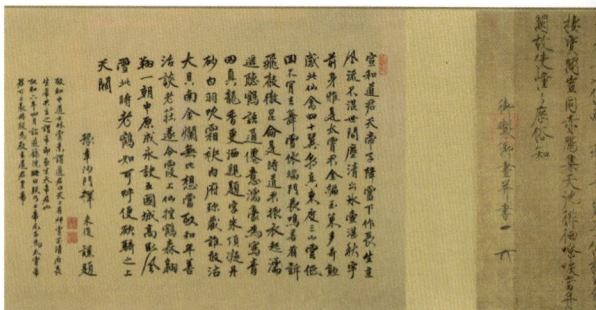

宋 赵佶 瑞鹤图

《瑞鹤图》

　　北宋徽宗赵佶所作绢本设色画，现藏于辽宁省博物馆。《瑞鹤图》绘彩云缭绕之汴梁宣德门，上空飞鹤盘旋，鸱尾之上，有两鹤驻立，互相呼应。画面仅见宫门脊梁部分，突出群鹤翔集，庄严肃穆中透出神秘吉祥之气氛。

※ 红笺为无色 ※

思远人·红叶黄花秋意晚

宋·晏几道

红叶黄花秋意晚，千里念行客。飞云过尽，归鸿
无信，何处寄书得。

泪弹不尽临窗滴，就砚旋研墨。渐写到别来，此
情深处，红笺为无色。

[注释] 红叶：枫叶。黄花：菊花。就砚旋研墨：眼泪滴到砚中，
就用它来研墨。别来：别后。

宋 夏圭 松下观瀑图

无奈归心

暗随流水到天涯

望海潮·洛阳怀古

宋·秦观

　　梅英疏淡，冰澌溶泄，东风暗换年华。金谷俊游，铜驼巷陌，新晴细履平沙。长记误随车。正絮翻蝶舞，芳思交加。柳下桃蹊，乱分春色到人家。

　　西园夜饮鸣笳。有华灯碍月，飞盖妨花。兰苑未空，行人渐老，重来是事堪嗟。烟暝酒旗斜。但倚楼极目，时见栖鸦。无奈归心，暗随流水到天涯。

[注释] 冰澌（sī）：冰块流融。金谷：金谷园，在洛阳西北。俊游：同游的好友。烟暝：烟霭弥漫的黄昏。

明 赵左 秋塘草亭图

一番桃李花开尽
惟有青青草色齐

城南二首·其一

宋·曾巩

雨过横塘水满堤，乱山高下路东西。

一番桃李花开尽，惟有青青草色齐。

[注释] 横塘：古塘名，在今南京城南秦淮河南岸。乱山高下：群山高低起伏。路东西：分东西两路奔流而去。

清 邹一桂 花卉八开·牡丹

自 在 飞 花 轻 似 梦

无 边 丝 雨 细 如 愁

浣溪沙·漠漠轻寒上小楼

宋 · 秦观

　　漠漠轻寒上小楼，晓阴无赖似穷秋。淡烟流水画屏幽。

　　自在飞花轻似梦，无边丝雨细如愁。宝帘闲挂小银钩。

[注释] 无赖：无奈，没来由。穷秋：秋天走到了尽头。银钩：初月。

岭路寒烟 恽寿平画癸亥本

宋人画鱼龙九人赵洪道
低起连峰诸手刻画
妙石相联有如此少
程季南山宽厚尽其
致寒暑掩诗草何相
牛刀斗胜识不烬
平晌赋搬满泽时明
无蹊笼逗之
昔人论李成惠京师道
化笔画兵在挥千
里平远大写万趣于
下马清华老七岁其
人 南田雲平

清 恽寿平 仿古山水册·岭路寒烟

飞云冉冉蘅皋暮
彩笔新题断肠句

青玉案·凌波不过横塘路

宋·贺铸

凌波不过横塘路，但目送、芳尘去。锦瑟华年谁与度？月桥花院，琐窗朱户，只有春知处。

飞云冉冉蘅皋暮，彩笔新题断肠句。试问闲愁都几许？一川烟草，满城风絮，梅子黄时雨。

[注释] 凌波：形容女子走路时步态轻盈。芳尘：指美人的行踪。蘅皋（gāo）：生长香草的水边高地。蘅，蘅芜，香草名。

清 恽寿平 秋海棠图

蝶恋花·早行

宋·周邦彦

　　月皎惊乌栖不定，更漏将残，辘轳牵金井。唤起两眸清炯炯，泪花落枕红绵冷。

　　执手霜风吹鬓影。去意徊徨，别语愁难听。楼上阑干横斗柄，露寒人远鸡相应。

[注释] 徊徨：徘徊，彷徨。

闹花深处层楼

宋 马远 春雨富士图

《春雨富士图》

绢本设色，纳尔逊·阿特金斯艺术博物馆藏。马远的画风格独特，富有诗意。其山水师法李唐，多画江浙山水，善作平视或仰视的构图，树木杂卉多用夹笔，用焦墨作树石，石皆方硬，危崖峭壁，水色交融。

画帘半卷东风软

水龙吟·春恨

宋·陈亮

闹花深处层楼，画帘半卷东风软。春归翠陌，平莎草嫩，垂杨金浅。迟日催花，淡云阁雨，轻寒轻暖。恨芳菲世界，游人未赏，都付与、莺和燕。

寂寞凭高念远。向南楼、一声归雁。金钗斗草，青丝勒马，风流云散。罗绶分香，翠绡封泪，几多幽怨。正销魂，又是疏烟淡月，子规声断。

[注释] 闹花：繁花。斗草：古代的一种游戏。罗绶分香：指离别。

宋 赵大亨 薇省黄昏图

惟有两行低雁
知人倚、画楼月

霜天晓角·梅

宋·范成大

晚晴风歇，一夜春威折。脉脉花疏天淡，云来去、数枝雪。

胜绝，愁亦绝，此情谁共说。惟有两行低雁，知人倚、画楼月。

[注释] 春威：初春的寒威，俗谓"倒春寒"。脉脉：默默地用眼神或行动表达情意的样子。胜绝：景色极美。

清 陈枚 月曼清游图册·庭院观花

贺新郎·别茂嘉十二弟

宋·辛弃疾

绿树听鹈鴂。更那堪、鹧鸪声住，杜鹃声切。啼到春归无寻处，苦恨芳菲都歇。算未抵、人间离别。马上琵琶关塞黑，更长门、翠辇辞金阙。看燕燕，送归妾。

将军百战身名裂。向河梁、回头万里，故人长绝。易水萧萧西风冷，满座衣冠似雪。正壮士、悲歌未彻。啼鸟还知如许恨，料不啼清泪长啼血。谁共我，醉明月。

[注释] 未抵：比不上。将军：指汉武帝时将领李陵。如许恨：像上面的许多恨。

楚天千里清秋

宋 赵黻 江山万里图（局部）

《江山万里图》

　　南宋赵黻创作的纸本水墨中国画，现藏于北京故宫博物院。《江山万里图》采取全景式构图，以滔滔江水为主脉，结合近景、中景、远景，描绘出自西蜀至东吴长江两岸的山光水色。在峰间坡冈等处，以曲径、栈道、水口、瀑布、房舍、寺观等点景，它们穿插有致，相互映衬，为画面增添了无限生趣。此画在整体上把握峰峦层次、江流走向及林木隐现，用大视角展现出长江"咫尺千里"的壮观景致。

水随天去秋无际

水龙吟·登建康赏心亭

宋·辛弃疾

楚天千里清秋，水随天去秋无际。遥岑远目，献愁供恨，玉簪螺髻。落日楼头，断鸿声里，江南游子。把吴钩看了，栏杆拍遍，无人会，登临意。

休说鲈鱼堪脍，尽西风，季鹰归未？求田问舍，怕应羞见，刘郎才气。可惜流年，忧愁风雨，树犹如此！倩何人唤取，红巾翠袖，揾英雄泪？

[注释] 岑（cén）：小而高的山。断鸿：失群的孤雁。倩（qìng）：请（别人为自己做事）。红巾翠袖：代指女子。揾（wèn）：擦拭。

清 居廉 富贵白头图

谁教岁岁红莲夜
两处沉吟各自知

鹧鸪天·元夕有所梦

宋·姜夔

　　肥水东流无尽期，当初不合种相思。梦中未比丹青见，暗里忽惊山鸟啼。

　　春未绿，鬓先丝。人间别久不成悲。谁教岁岁红莲夜，两处沉吟各自知。

[注释] 不合：不该。种相思：留下相思之情。丹青：泛指图画，此处指像。红莲夜：指元夕。红莲，指花灯。

清 陈枚 月曼清游图册·重阳赏菊

疏影横斜水清浅
暗香浮动月黄昏

山园小梅二首·其一

宋·林逋

众芳摇落独暄妍，占尽风情向小园。

疏影横斜水清浅，暗香浮动月黄昏。

霜禽欲下先偷眼，粉蝶如知合断魂。

幸有微吟可相狎，不须檀板共金樽。

〔注释〕暄妍：明媚美丽。霜禽：白鹤。狎（xiá）：玩赏，亲近。
金樽（zūn）：豪华的酒杯，此处指饮酒。

明 仇英 莲溪渔隐图

君看一叶舟

出没风波里

江上渔者

宋 · 范仲淹

江上往来人，但爱鲈鱼美。

君看一叶舟，出没风波里。

[注释] 鲈鱼：一种头大口大、体扁鳞细、背青腹白、味道鲜美的鱼。出没：若隐若现，一会儿看得见，一会儿看不见。

清 吴昌硕 朝日红荷

曾是洛阳花下客
野芳虽晚不须嗟

戏答元珍

宋·欧阳修

春风疑不到天涯，二月山城未见花。

残雪压枝犹有橘，冻雷惊笋欲抽芽。

夜闻归雁生乡思，病入新年感物华。

曾是洛阳花下客，野芳虽晚不须嗟。

[注释] 冻雷：初春时节的雷声。物华：美好的事物。嗟：叹息。

明 唐寅 钱塘景物图

欲把西湖比西子
淡妆浓抹总相宜

饮湖上初晴后雨二首·其二

宋 · 苏轼

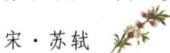

水光潋滟晴方好，山色空蒙雨亦奇。

欲把西湖比西子，淡妆浓抹总相宜。

[注释] 潋滟：波光闪动的样子。方好：正显得美。空蒙：云雾迷茫飘渺的样子。西子：西施，我国古代四大美女之一。

清 恽冰 牡丹图

只恐夜深花睡去
故烧高烛照红妆

海棠

宋 · 苏轼

东风袅袅泛崇光，香雾空蒙月转廊。

只恐夜深花睡去，故烧高烛照红妆。

[注释] 袅袅：微风吹拂的样子。崇光：形容海棠花光泽的高贵美丽。红妆：用美女比喻海棠。

清 赵之谦 花卉图册·红水仙

一年好景君须记

最是橙黄橘绿时

赠刘景文

宋·苏轼

荷尽已无擎雨盖，菊残犹有傲霜枝。

一年好景君须记，最是橙黄橘绿时。

[注释] 擎：举，向上托。雨盖：旧称雨伞，诗中比喻荷叶舒展的样子。傲霜：不怕霜冻。

清 吴昌硕 牡丹

青墩溪畔龙钟客
独立东风看牡丹

牡丹

宋·陈与义

一自胡尘入汉关，
十年伊洛路漫漫。
青墩溪畔龙钟客，
独立东风看牡丹。

[注释] 胡尘：这里是指金兵。龙钟客：作者自指。龙钟，年老体衰，行动不便的样子。

暖风熏得游人醉
直把杭州作汴州

题临安邸

宋·林升

山外青山楼外楼，西湖歌舞几时休？

暖风熏得游人醉，直把杭州作汴州！

[注释] 邸：这里指的是客栈。暖风：这里暗指南宋朝廷贪图
安逸的靡靡之风。汴州：北宋的京城，今河南开封。

宋 佚名 文姬图

此身合是诗人未
细雨骑驴入剑门

剑门道中遇微雨

宋·陆游

衣上征尘杂酒痕，远游无处不消魂。

此身合是诗人未？细雨骑驴入剑门。

[注释] 征尘：指旅途中沾染的灰尘。消魂：令人痴迷、心神陶醉。未：表示疑问语气。

雖無艷笑
亦劲微芳
在雨蒼逅
摘充羞庖
家協菴

古脊山樵

明 項聖謨 花卉十开·野菊

临安春雨初霁

宋·陆游

世味年来薄似纱,谁令骑马客京华。

小楼一夜听春雨,深巷明朝卖杏花。

矮纸斜行闲作草,晴窗细乳戏分茶。

素衣莫起风尘叹,犹及清明可到家。

[注释] 世味:人世滋味,社会人情。细乳:沏茶时水面呈白色的小泡沫。分茶:宋元时煎茶之法,注汤后用箸搅茶乳,使汤水波纹幻变成种种形状。

明 项圣谟 花卉十开·荷花

小荷才露尖尖角
早有蜻蜓立上头

小池

宋·杨万里

泉眼无声惜细流，树阴照水爱晴柔。

小荷才露尖尖角，早有蜻蜓立上头。

[注释] 惜：爱惜，爱怜。照水：倒影照映在水面上。晴柔：晴天时柔和的风光。

明 文徵明 古柏归鹊图

不管烟波与风雨
载将离恨过江南

柳枝词

宋·郑文宝

亭亭画舸系春潭，直到行人酒半酣。

不管烟波与风雨，载将离恨过江南。

[注释] 亭亭：高高耸立的样子。画舸（gě）：画船。半酣：半醉。

明 杨士贤 寒山飞瀑

萧萧远树疏林外
一半秋山带夕阳

书河上亭壁

宋·寇准

岸阔樯稀波渺茫，独凭危槛思何长。

萧萧远树疏林外，一半秋山带夕阳。

[注释] 凭：靠。危槛：高高的栏杆。危，高。

明 文徵明 溪桥策杖图

稻花香里说丰年
听取蛙声一片

西江月·夜行黄沙道中

宋·辛弃疾

明月别枝惊鹊，清风半夜鸣蝉。

稻花香里说丰年，听取蛙声一片。

七八个星天外，两三点雨山前。

旧时茅店社林边，路转溪桥忽见。

[注释] 黄沙：黄沙岭，在江西上饶的西面。别枝惊鹊：惊动喜鹊飞离树枝。

明 唐寅 骑驴归思图

边练边学

此生此夜不长好
明月明年何处看

阳关曲·中秋月

宋·苏轼

暮云收尽溢清寒，银汉无声转玉盘。

此生此夜不长好，明月明年何处看。

[注释] 溢：满出。暗寓月色如水之意。玉盘：喻月。

明 吕纪 四喜图

一夕轻雷落万丝
霁光浮瓦碧参差

春日五首·其二

宋·秦观

一夕轻雷落万丝，霁光浮瓦碧参差。
有情芍药含春泪，无力蔷薇卧晓枝。

[注释] 丝：喻雨。霁（jì）光：雨天之后明媚的阳光。霁，雨后放晴。浮瓦：晴光照在瓦上。参差：指瓦片的层叠。

明 吕纪 四季花鸟图·秋

天涯旧恨
独自凄凉人不问

减字木兰花·天涯旧恨

宋·秦观

天涯旧恨,独自凄凉人不问。欲见回肠,断尽金炉小篆香。

黛蛾长敛,任是春风吹不展。困倚危楼,过尽飞鸿字字愁。

[注释] 篆(zhuàn)香:比喻盘香和缭绕的香烟。黛蛾:指眉毛。

明 王渊 莲鹡鸰图

枯藤老树昏鸦

小桥流水人家

天净沙 · 秋思

元 · 马致远

枯藤老树昏鸦，小桥流水人家，古道西风瘦马。

夕阳西下，断肠人在天涯。

〔注释〕昏鸦：黄昏时归巢的乌鸦。古道：已经废弃不堪再用的古老驿道或年代久远的驿道。

明 陈洪绶 梅花小鸟图

西风信来家万里
问我归期未

清江引·秋怀

元·张可久

西风信来家万里，问我归期未？

雁啼红叶天，人醉黄花地，芭蕉雨声秋梦里。

[注释] 红叶天：秋天。红叶，指的是枫叶。黄花地：菊花满地。

宋 佚名 柳院消暑图

日月长，天地阔

闲快活。

四块玉·闲适·其一

元·关汉卿

适意行，安心坐。

渴时饮饥时餐醉时歌，困来时就向莎茵卧。

日月长，天地阔，闲快活。

〔注释〕 莎(suō)茵：草垫。

明 陈洪绶 花鸟精品册·丹洁无尘

青山绿水　　　
白草红叶黄花

天净沙·秋

元 · 白朴

孤村落日残霞，轻烟老树寒鸦，一点飞鸿影下。

青山绿水，白草红叶黄花。

[注释] 残霞：晚霞。寒鸦：因天气寒冷而归巢的乌鸦。飞鸿：天空中的大雁。

明 李在 阔渚遥峰图

边练边学

| 兴， | 百 | 姓 | 苦 | |
| 亡， | 百 | 姓 | 苦 | |

山坡羊·潼关怀古

元·张养浩

峰峦如聚，波涛如怒，山河表里潼关路。望西都，意踌躇。

伤心秦汉经行处，宫阙万间都做了土。兴，百姓苦；亡，百姓苦。

[注释] 山河表里：潼关外是黄河，内是华山，以此来形容潼关附近的险要地势。西都：指长安（今陕西西安）。

嘗見趙昌有折枝石榴丹皮外綻齒甸鮮

今誰見此真欲與瓜血戰世史謂古今人不

相及矣不信也古人畫山水者不能寫生

如供給子人物者入頃入世可知夫何拘也

葦檀燕而有之而家豪庵主人謂寫車

尤雕真其箧眼今以山十冊屬于識詠

一時雲痲聖謨畫城戌亥月設莒

明 項聖謨 花卉十开·石榴

一语天然万古新
豪华落尽见真淳

论诗三十首·其四

元·元好问

一语天然万古新，豪华落尽见真淳。

南窗白日羲皇上，未害渊明是晋人。

[注释] 天然：形容诗的语言平易，自然天真。豪华：指华丽的辞藻。羲皇上：羲皇上人，指上古时代的人。

天河一夜雨添張盡邛原綠
頫恒出山豈時能駐泮曰
　　梦羽

衛門畫長掩春
艸線忺横窿有
開宇回朝朱見
行迹工鹿

百尺飛泉下連同隔溪
瀆永秦笙景枕篆行過
漢英去萬綠陰中有草
堂　詢道

天晴相庸二十年井為苕
翠枝瘰咝此向須陛筆閒
揚玄英至朕朋石皮荷
乙末中元翁明主頓

明 文徵明 绿荫草堂图

冰雪林中著此身
不同桃李混芳尘

白梅

元·王冕

冰雪林中著此身，不同桃李混芳尘。

忽然一夜清香发，散作乾坤万里春。

[注释] 著：放进，置入。此身：指白梅。乾坤：天地。

清 吴应贞 荷花图

年去年来白发新
匆匆马上又逢春

立春日感怀

明·于谦

年去年来白发新，匆匆马上又逢春。

关河底事空留客？岁月无情不贷人。

一寸丹心图报国，两行清泪为思亲。

孤怀激烈难消遣，漫把金盘簇五辛。

[注释] 马上：指在征途或在军队里。关河：关山河川，这里
指边塞上。簇：攒聚的意思。五辛：指五种辛味的菜。

碧山深处绝纤埃，侍两轩窗
对坐闲敲而不遣茶事
好鼎汤初沸有朋来
春清军卯山中茶事方盛
陆子传遇访遍波极老
而品之其一段佳话如
　　徴明制

明　文徵明　品茶图

边练边学

人生百年几今日

今日不为真可惜

今日歌

明 · 文嘉

今日复今日，今日何其少！

今日又不为，此事何时了？

人生百年几今日？今日不为真可惜！

若言姑待明朝至，明朝又有明朝事。

为君聊赋《今日诗》，努力请从今日始！

[注释] 了：结束，完成。姑：暂且。

明 文徵明 松石高士图

边练边学

封侯非我意
但愿海波平

韬钤深处

明 · 戚继光

小筑暂高枕，忧时旧有盟。

呼樽来揖客，挥麈坐谈兵。

云护牙签满，星含宝剑横。

封侯非我意，但愿海波平。

［注释］ 小筑：小楼。挥麈：挥动麈尾，常用于晋人清谈时，表示谈论。麈，鹿科动物，又名驼鹿。云护：云层遮掩，即天黑。牙签：书签，代指书籍。

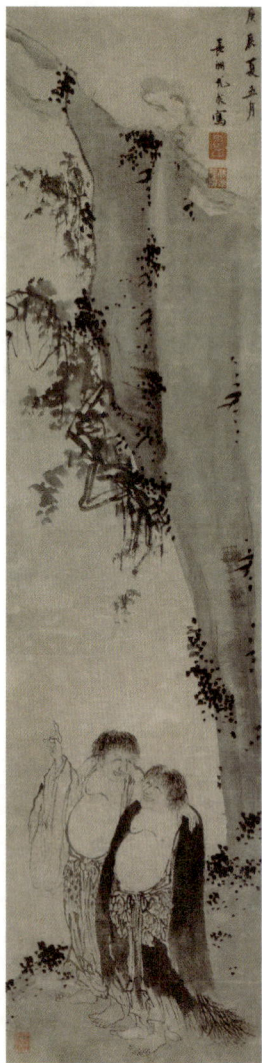

明　尤求　寒山拾得图

但愿苍生俱饱暖
不辞辛苦出山林

咏煤炭

明·于谦

凿开混沌得乌金，蓄藏阳和意最深。

爇火燃回春浩浩，洪炉照破夜沉沉。

鼎彝元赖生成力，铁石犹存死后心。

但愿苍生俱饱暖，不辞辛苦出山林。

[注释] 爇（jué）火：炬火，小火。洪炉：大火炉。鼎彝：指代烹饪器具。

清 郎世宁 乾隆皇帝大阅图

一年三百六十日
多是横戈马上行

马上作

明·戚继光

南北驱驰报主情，江花边月笑平生。

一年三百六十日，多是横戈马上行。

[注释] 边月：边塞的月亮。横戈：手里握着兵器。

插天空谷水之涯中
有官梅两树花身
自宿困缩一见不妨
袖手云平沙
蘇門唐寅為
梅谷徐先生寫

幽人默座溪桥畔
百載春風只
梅花素壁拂三尺半夜沉
暗香昨夜溪桥边映
林風梅光明谁爱琴

明 唐寅 观梅图

千锤万击出深山
烈火焚烧若等闲

石灰吟

明·于谦

千锤万击出深山,烈火焚烧若等闲。

粉身碎骨全不怕,要留清白在人间。

[注释] 等闲:平常。

醉墨淋漓未乾拂雲庫工
倚秋看別來鄉古室明月笺
庚寅涼日東寒
　　　　福徵

書窓瀟灑翠琅玕偶
向嵩丁戯裁寒性辰止
天餅暗雨清摇滿洒
拂雲陽
　　皇甫汸

玉蘭堂上寫琅玕只作吳興若可
有一夜秋風動覺廊綠雲寒苦
風去寒
　　東聚

滿明

明　文徵明　墨竹图

边练边学

树坚不怕风吹动
节操棱棱还自持

北风吹

明·于谦

北风吹，吹我庭前柏树枝。树坚不怕风吹动，节操棱棱还自持。

冰霜历尽心不移，况复阳和景渐宜。闲花野草尚葳蕤，风吹柏树将何为？北风吹，能几时？

[注释] 棱棱：威严的样子。葳蕤(wēi ruí)：草木茂盛的样子。

明 蓝瑛 溪山雪霁图

渡易水

明 · 陈子龙

并刀昨夜匣中鸣，燕赵悲歌最不平。

易水潺湲云草碧，可怜无处送荆卿。

[注释] 并刀：指古时候并州出产的刀剑，以锋利闻名，后常以之指快刀。潺湲（chán yuán）：形容河水慢慢流淌的样子。荆卿：指荆轲。

明 戴进 山水轴

边练边学

吾心自有光明月
千古团圆永无缺

中秋

明 · 王守仁

去年中秋阴复晴，今年中秋阴复阴。

百年好景不多遇，况乃白发相侵寻。

吾心自有光明月，千古团圆永无缺。

山河大地拥清辉，赏心何必中秋节。

[注释] 侵寻：渐进，渐次发展。清辉：清光，多指日月的光辉。

明 丁玉川 渔乐图

边练边学

不见五陵豪杰墓
无花无酒锄作田

桃花庵歌（节选）

明 · 唐寅

若将富贵比贫贱，一在平地一在天。

若将贫贱比车马，他得驱驰我得闲。

别人笑我太疯癫，我笑他人看不穿。

不见五陵豪杰墓，无花无酒锄作田。

[注释] 五陵豪杰墓：西汉王朝五个皇帝的陵墓。无花无酒：指没有人前来祭祀，摆花祭酒是祭祀的礼俗。

明 文嘉 石湖秋色图

大将南征胆气豪
腰横秋水雁翎刀

送毛伯温

明·朱厚熜

大将南征胆气豪，腰横秋水雁翎刀。

风吹鼍鼓山河动，电闪旌旗日月高。

天上麒麟原有种，穴中蝼蚁岂能逃。

太平待诏归来日，朕与先生解战袍。

[注释] 大将：指毛伯温。秋水：形容刀剑如秋水般明亮闪光。鼍（tuó）鼓：用鳄鱼皮做成的战鼓。鼍，扬子鳄。麒麟：传说中的一种神兽，这里用比喻来称赞毛伯温的杰出才干。

携琴川复幽致山
雨添销音青红
啼鸟临时三月春
春光拟作图杨柔
徵明

明 文徵明 携琴访友图

边练边学

书 卷 多 情 似 故 人
晨 昏 忧 乐 每 相 亲

观书

明 · 于谦

书卷多情似故人，晨昏忧乐每相亲。

眼前直下三千字，胸次全无一点尘。

活水源流随处满，东风花柳逐时新。

金鞍玉勒寻芳客，未信我庐别有春。

[注释] 胸次：胸中，心里。金鞍：饰金的马鞍。玉勒：饰玉的
马笼头。庐：指书房。

明 陈洪绶 幽亭听泉图

人人自有定盘针
万化根源总在心

咏良知四首示诸生·其三

明·王守仁

人人自有定盘针，万化根源总在心。

却笑从前颠倒见，枝枝叶叶外头寻。

〔注释〕定盘针：指南针，比喻衡量是非的标准。万化：万事万物的变化。

俯看深泉仰聽風声
声風韻合笙鏞如何不
把瑤琴写為是無人賞音
　　　　　　　鏽唐寅

明 唐寅 看泉听风图

饥来吃饭倦来眠
只此修行玄更玄

答人问道

明·王守仁

饥来吃饭倦来眠，只此修行玄更玄。

说与世人浑不信，却从身外觅神仙。

[注释] 浑：全，完全。

明 仇英 桃源仙境图

赠阳伯

明·王守仁

阳伯即伯阳，伯阳竟安在？

大道即人心，万古未尝改。

长生在求仁，金丹非外待。

缪矣三十年，于今吾始悔。

[注释] 伯阳：老子，姓李，名耳，字伯阳，春秋时期思想家，著述《道德经》。

始信心非明镜台

明 仇英 辋川十景图（局部）

《辋川十景图》

明代画家仇英的作品。该画为长卷。《辋川十景图》名为写唐代王维隐居蓝田别墅的诗意，十景各自独立成章，但又连贯为统一的大画面。随着画卷的展开，移步易景，引人入胜，山穷水尽，柳暗花明，令人目不暇接。该画对于中国画的创新，具有不容低估的积极意义。

须知明镜亦尘埃

书汪进之太极岩二首·其二

明·王守仁

始信心非明镜台，须知明镜亦尘埃。

人人有个圆圈在，莫向蒲团坐死灰。

[注释] 蒲团：以蒲草编织而成的圆形、扁平的座垫，乃修行人坐禅及跪拜时所用之物。

明 蓝瑛 白云红树图

临江仙·滚滚长江东逝水

明·杨慎

滚滚长江东逝水，浪花淘尽英雄。是非成败转头空。青山依旧在，几度夕阳红。

白发渔樵江渚上，惯看秋月春风。一壶浊酒喜相逢。古今多少事，都付笑谈中。

[注释] 渔樵：打渔和砍柴的人。

明 戴进 渭滨垂钓图

五十言怀诗

明 · 唐寅

笑舞狂歌五十年，花中行乐月中眠。

漫劳海内传名字，谁信腰间缺酒钱？

诗赋自惭称作者，众人疑道我神仙。

些须做得工夫处，莫损心头一寸天。

[注释] 些须：少许，一点儿。一寸天：古人对天敬仰，仅仅只得一寸也是莫大的荣耀。

明 戴进 三顾草庐图

白头博得公车召
不满东方一笑中

感怀

明 · 文徵明

三十年来麋鹿踪，若为老去入樊笼！

五湖春梦扁舟雨，万里秋风两鬓蓬。

远志出山成小草，神鱼失水困沙虫。

白头博得公车召，不满东方一笑中。

[注释] 若为：怎样。远志：一种植物，别名小草、细草、线茶等，可以入药。

明 文徵明 秋葵折枝图

夜静海涛三万里
月明飞锡下天风

泛海

明 · 王守仁

险夷原不滞胸中，何异浮云过太空？

夜静海涛三万里，月明飞锡下天风。

[注释] 飞锡：锡杖，即和尚的禅杖，多指和尚云游，作者借此表达他淡然世间荣辱的洒脱心态。

明 仇英 人物故事图册·吹箫引凤

嫦娥

明·边贡

月宫秋冷桂团团，岁岁花开只自攀。

共在人间说天上，不知天上忆人间。

[注释] 自攀：独自攀折。攀，摘取，折。

明　丘鉴　芙蓉芦雁图

城头一片西山月
多少征人马上看

塞上曲四首送元美·其四

明 · 李攀龙

白羽如霜出塞寒，胡烽不断接长安。

城头一片西山月，多少征人马上看。

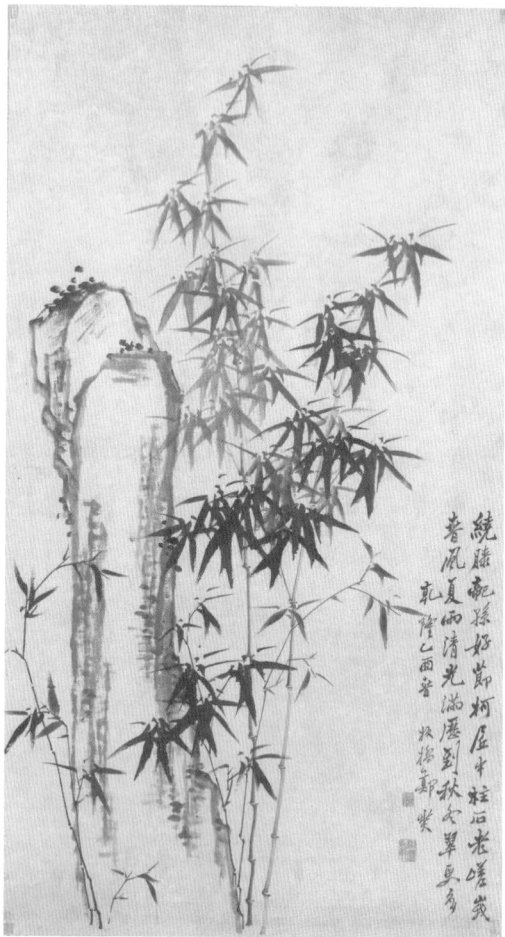

綠滿瓶疏好節柯屋中栽石老嵯峨
春風夏雨清光滿歷到秋冬翠更多
乾隆乙酉喜 板橋鄭燮

清 鄭燮 竹石圖

竹石

清·郑燮

咬定青山不放松，立根原在破岩中。

千磨万击还坚劲，任尔东西南北风。

[注释] 咬定：比喻根扎得结实。破岩：岩石的缝隙。坚劲：坚强有力。

清　王翚　夏五吟梅图

大海无平期
我心无绝时

精卫

清 · 顾炎武

万事有不平，尔何空自苦。

长将一寸身，衔木到终古。

我愿平东海，身沉心不改。

大海无平期，我心无绝时。

呜呼！君不见，

西山衔木众鸟多，鹊来燕去自成窠。

[注释] 尔：指精卫。终古：永远。鹊、燕：比喻无远见、大志，只关心个人利害的人。

學古兩不泥真蹟江鐵嵒翰文之一法也溪窗
劉兩寫此聊以自譜與畫工留其窓少有分片
前人吾丁巳春村忘菴之記

清 王武 花竹栖禽图

锋镝牢囚取次过
依然不废我弦歌

山居杂咏

清·黄宗羲

锋镝牢囚取次过，依然不废我弦歌。

死犹未肯输心去，贫亦岂能奈我何！

廿两棉花装破被，三根松木煮空锅。

一冬也是堂堂地，岂信人间胜著多。

〔注释〕镝（dí）：箭头，这里泛指兵器。取次：随便，此处意为从容。输心：交出真心，此处指内心屈服。

清　任颐　雀图

题三十小象

清·吴庆坻

食肉何曾尽虎头，卅年书剑海天秋。

文章幸未逢黄祖，襆被今犹窘马周。

自是汝才难用世，岂真吾相不当侯。

须知少日拏云志，曾许人间第一流。

〔注释〕卅（sà）：三十。襆（fú）被：用包袱裹束衣被，意为整理行装。拏（ná）：拿。

光绪甲午仲春上浣
山阴任伯年写宿

清　任颐　群鸡紫绶图

世间何物催人老
半是鸡声半马蹄

题旅店

清·王九龄

晓觉茅檐片月低，依稀乡国梦中迷。

世间何物催人老，半是鸡声半马蹄。

［注释］茅檐：茅屋屋檐。

清 石涛 牡丹兰花图

苔

清 · 袁枚

白日不到处，青春恰自来。

苔花如米小，也学牡丹开。

〔注释〕苔：苔藓。植物中较低等的类群，多生于阴暗潮湿之处。

明 仇英 人物故事图册·松林六逸

风流子·秋郊射猎

清·纳兰性德

平原草枯矣，重阳后，黄叶树骚骚。记玉勒青丝，落花时节，曾逢拾翠，忽听吹箫。今来是、烧痕残碧尽，霜影乱红凋。秋水映空，寒烟如织，皂雕飞处，天惨云高。

人生须行乐，君知否？容易两鬓萧萧。自与东君作别，刬地无聊。算功名何许，此身博得，短衣射虎，沽酒西郊。便向夕阳影里，倚马挥毫。

[注释] 骚骚：风吹树木声。皂雕：黑色的雕。刬（chǎn）地：依旧，照样。刬，旧同"铲"。

清　丁观鹏　观音

两脚踢翻尘世路
一肩担尽古今愁

绝命词

清·袁枚

赋性生来本野流，手提竹杖过通州。

饭篮向晓迎残月，歌板临风唱晚秋。

两脚踢翻尘世路，一肩担尽古今愁。

如今不受嗟来食，村犬何须吠不休。

［注释］赋性：天性，生来就具有的个性。歌板：拍板。乐器，歌唱时用以打拍子。

清　任熊　十万图册·万竿烟雨

大将筹边尚未还
湖湘子弟满天山

恭诵左公西行甘棠二首·其二

清·杨昌浚

大将筹边尚未还，湖湘子弟满天山；
新栽杨柳三千里，引得春风度玉关。

〔注释〕筹边：筹划边境的事务。湖湘子弟：指左宗棠的湘军。

清 改琦 元机诗意图

边练边学

一月不读书
耳目失精爽

读书有所见作

清·萧抡谓

人心如良苗,得养乃滋长。

苗以泉水灌,心以理义养。

一日不读书,胸臆无佳想。

一月不读书,耳目失精爽。

[注释] 胸臆:内心深处的想法。精爽:精神。

清　王时敏　杜甫诗意图册之第九开

读罢《离骚》还酹酒
向大江东去歌残阕

金缕曲·闷欲呼天说

清·吴藻

闷欲呼天说。问苍苍、生人在世，忍偏磨灭？从古难消豪士气，也只书空咄咄。正自检、断肠诗阅。看到伤心翻天笑，笑公然、愁是吾家物！都并入、笔端结。

英雄儿女原无别。叹千秋、收场一例，泪皆成血。待把柔情轻放下，不唱柳边风月。且整顿、铜琶铁拨。读罢《离骚》还酹酒，向大江东去歌残阕。声早遏，碧云裂。

[注释] 苍苍：上苍，苍天。断肠诗：此处泛言伤心之诗词。拨：拨子，弹琵琶用的薄片。

清　王时敏　杜甫诗意图册之第十二开

论诗五首·其二

清·赵翼

李杜诗篇万口传，至今已觉不新鲜。

江山代有才人出，各领风骚数百年。

[注释] 才人：有才情的人。风骚：指《诗经》中的《国风》和屈原的《离骚》。后来把关于诗文写作的事叫"风骚"。

清 费以耕、张熊 梅月嫦娥图

边练边学

人生若只如初见

何事秋风悲画扇

木兰花·拟古决绝词柬友

清·纳兰性德

人生若只如初见，何事秋风悲画扇。

等闲变却故人心，却道故人心易变。

骊山语罢清宵半，泪雨霖铃终不怨。

何如薄幸锦衣郎，比翼连枝当日愿。

[注释] 薄幸：薄情。锦衣郎：指唐玄宗李隆基。

清 冷枚 雪艳图

一生一代一双人
争教两处销魂

画堂春·一生一代一双人

清·纳兰性德

一生一代一双人，争教两处销魂。相思相望不相亲，天为谁春？

浆向蓝桥易乞，药成碧海难奔。若容相访饮牛津，相对忘贫。

[注释] 蓝桥：地名，传说此处有仙窟，为裴航遇仙女云英处。
饮牛津：指传说中的天河边，借指与恋人相会的地方。

清 沈铨 孔雀玉兰牡丹图

忆来何事最销魂
第一折枝花样画罗裙

虞美人·曲阑深处重相见

清·纳兰性德

曲阑深处重相见，匀泪偎人颤。凄凉别后两应同，最是不胜清怨月明中。

半生已分孤眠过，山枕檀痕涴。忆来何事最销魂，第一折枝花样画罗裙。

明 丁云鹏 释迦牟尼图

还卿一钵无情泪
恨不相逢未剃时

本事诗十首·其六

清·苏曼殊

乌舍凌波肌似雪，亲持红叶索题诗。

还卿一钵无情泪，恨不相逢未剃时！

[注释] 乌舍：神女，本诗指百助枫子。

清　沈铨　松梅双鹤图

边练边学

暗中时滴思亲泪
只恐思儿泪更多

忆母

清·倪瑞璿

河广难航莫我过，未知安否近如何？

暗中时滴思亲泪，只恐思儿泪更多。

〔注释〕航：行船。过：过错。

清　朱耷　芭蕉竹石图

见面怜清瘦
呼儿问苦辛

岁末到家

清·蒋士铨

爱子心无尽，归家喜及辰。

寒衣针线密，家信墨痕新。

见面怜清瘦，呼儿问苦辛。

低徊愧人子，不敢叹风尘。

[注释] 及辰：及时，正赶上时候。这里指过年之前能够返家。
低徊：徘徊。风尘：指世道艰难。

清　任颐　母子平安图

重缝不忍轻移拆
上有慈亲旧线痕

晒旧衣

清·周寿昌

卅载绨袍检尚存，领襟虽破却余温。

重缝不忍轻移拆，上有慈亲旧线痕。

[注释] 绨（tì）袍：厚缯制成之袍。

明 文徵明 山庄客至图

矮人看戏何曾见
都是随人说短长

论诗五首·其三

清·赵翼

只眼须凭自主张，纷纷艺苑漫雌黄。

矮人看戏何曾见，都是随人说短长。

[注释] 只眼：独到的见解，眼力出众。雌黄：喻指随口乱说。

墨君仁兄有道之屬 伯年任頤寫代鴻城蒿橋

清 任頤 月夜山雞圖

到 老 始 知 非 力 取
三 分 人 事 七 分 天

论诗五首 · 其四

清 · 赵翼

少时学语苦难圆，只道工夫半未全。

到老始知非力取，三分人事七分天。

[注释] 圆：圆满。天：天分。

雜卉爛春色珎峯
積雨痕譬若古貞
士終身伴菜根
唐寅

明 唐寅 立石丛卉图

苟利国家生死以
岂因祸福避趋之

赴戍登程口占示家人

清·林则徐

力微任重久神疲，再竭衰庸定不支。
苟利国家生死以，岂因祸福避趋之？
谪居正是君恩厚，养拙刚于戍卒宜。
戏与山妻谈故事，试吟断送老头皮。

〔注释〕戍卒宜：做一名戍卒为适当。这句诗谦恭中含有愤激与不平。山妻：对自己妻子的谦称。故事：旧事，典故。

明 边景昭 竹鹤图

我劝天公重抖擞
不拘一格降人才

己亥杂诗·其一百二十五

清·龚自珍

九州生气恃风雷，万马齐喑究可哀。

我劝天公重抖擞，不拘一格降人才。

［注释］九州：中国的别称之一。生气：活力，生命力。这里指生气勃勃的局面。喑（yīn）：沉默，不说话。

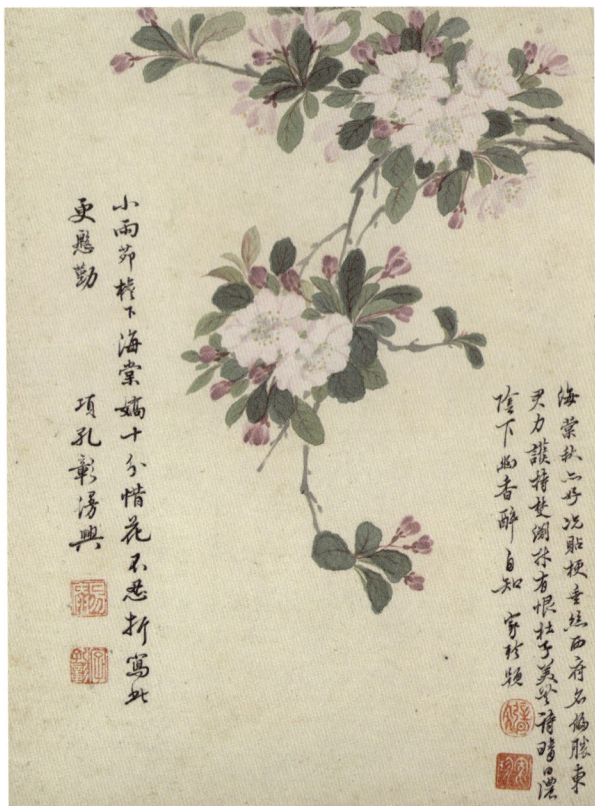

明 项圣谟 花卉十开·海棠

边练边学

落红不是无情物
化作春泥更护花

己亥杂诗·其五

清·龚自珍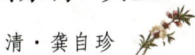

浩荡离愁白日斜，吟鞭东指即天涯。

落红不是无情物，化作春泥更护花。

[注释] 浩荡：无限。东指：东方故里。落红：落花。

明　陈洪绶　蕉林酌酒图

世间万事皆前定
行止迟速非自由

送凌十一归长沙五首 · 其一

清 · 曾国藩

昨日微雨送残秋，落叶东西随水流。

世间万事皆前定，行止迟速非自由。

谋道谋食两无补，只有足迹遍九州。

一杯劝君且欢喜，丈夫由来轻万里。

[注释] 前定：事件的预先注定或安排。

明 戴进 雪景山水图

寸寸山河寸寸金
侉离分裂力谁任

赠梁任父同年

清·黄遵宪

寸寸山河寸寸金，侉离分裂力谁任。

杜鹃再拜忧天泪，精卫无穷填海心。

［注释］侉（kuǎ）离：分割。

明　文徵明　山水图

军歌应唱大刀环
誓灭胡奴出玉关

出塞

清·徐锡麟

军歌应唱大刀环，誓灭胡奴出玉关。

只解沙场为国死，何须马革裹尸还。

[注释] 军歌：这里有高唱赞歌、慷慨从军的意思。大刀环：战刀柄上有环，环和"还"谐音，所以用它隐喻胜利而还。

清　任熊　十万图册·万峰飞雪

我自横刀向天笑

去留肝胆两昆仑

狱中题壁

清 · 谭嗣同

望门投止思张俭，忍死须臾待杜根；

我自横刀向天笑，去留肝胆两昆仑。

〔注释〕 忍死：装死。须臾：不长的时间。横刀：屠刀，意谓就义。

溪阁清言趣绝俗颜生枥于
秋沙磧蓝瑛渍

明　蓝瑛　溪阁清言图

雄关漫道真如铁
而今迈步从头越

忆秦娥·娄山关

现代·毛泽东

西风烈，

长空雁叫霜晨月。

霜晨月，

马蹄声碎，喇叭声咽。

雄关漫道真如铁，而今迈步从头越。

从头越，

苍山如海，残阳如血。

〔注释〕漫道：莫道，不要说。苍山如海：青山起伏，像海的波涛。残阳如血：夕阳鲜红，像血的颜色。

明　周臣　白谭图

边练边学

曾记否，到中流击水

浪过飞舟

沁园春·长沙

现代·毛泽东

独立寒秋，湘江北去，橘子洲头。

看万山红遍，层林尽染；漫江碧透，百舸争流。

鹰击长空，鱼翔浅底，万类霜天竞自由。

怅寥廓，问苍茫大地，谁主沉浮？

携来百侣曾游，忆往昔峥嵘岁月稠。

恰同学少年，风华正茂；书生意气，挥斥方遒。

指点江山，激扬文字，粪土当年万户侯。

曾记否，到中流击水，浪遏飞舟？

[注释] 争流：争着行驶。苍茫：旷远迷茫。遏（è）：阻止。

明 周臣 毛诗图

红军不怕远征难
万水千山只等闲

七律·长征

现代·毛泽东

红军不怕远征难，万水千山只等闲。

五岭逶迤腾细浪，乌蒙磅礴走泥丸。

金沙水拍云崖暖，大渡桥横铁索寒。

更喜岷山千里雪，三军过后尽开颜。

〔注释〕逶迤（wēi yí）：形容道路、山脉、河流等弯弯曲曲、连绵不断的样子。磅礴（páng bó）：雄伟的样子。

※ 数风流人物 ※

宋 王希孟 千里江山图（局部）

《千里江山图》

　　北宋王希孟创作的绢本设色画，现收藏于北京故宫博物院。该作品为长卷形式，立足传统，画面细致入微，烟波浩渺的江河、层峦起伏的群山，构成了一幅美妙的江南山水图。《千里江山图》不仅代表着青绿山水发展的里程碑，而且，集北宋以来水墨山水之大成，并将创作者的情感付诸创作之中。

沁园春·雪

现代·毛泽东

　　北国风光，千里冰封，万里雪飘。看长城内外，惟余莽莽；大河上下，顿失滔滔。山舞银蛇，原驰蜡象，欲与天公试比高。须晴日，看红装素裹，分外妖娆。

　　江山如此多娇，引无数英雄竞折腰。惜秦皇汉武，略输文采；唐宗宋祖，稍逊风骚。一代天骄，成吉思汗，只识弯弓射大雕。俱往矣，数风流人物，还看今朝。

〔注释〕余：剩下。莽莽：形容原野辽阔，无边无际。大河：指黄河。天公：指天。

不管风吹浪打

明 仇英 浔阳送别图（局部）

《浔阳送别图》

　　明代画家仇英创作的一幅绢本水墨画。该画现藏于美国纳尔逊－阿特金斯艺术博物馆。画面表现浔阳江边白居易登舟探访琵琶女的情景。场景空阔，人物插其间。细致的笔法、鲜丽而蕴润的色彩和装饰性的绘画语言，使画面弥漫着梦幻般的诗意。

胜似闲庭信步

水调歌头·游泳

现代·毛泽东

才饮长沙水，又食武昌鱼。万里长江横渡，极目
楚天舒。不管风吹浪打，胜似闲庭信步，今日得宽余。
子在川上曰：逝者如斯夫！

风樯动，龟蛇静，起宏图。一桥飞架南北，天堑
变通途。更立西江石壁，截断巫山云雨，高峡出平湖。
神女应无恙，当惊世界殊。

〔注释〕武昌鱼：指古武昌（今鄂州）樊口的鳊（biān）鱼，又
称团头鳊或团头鲂（fáng）。极目：尽眼力望去。风樯：指帆船。
龟蛇：指龟山、蛇山。

清 冷枚 人物图

人世难逢开口笑
上疆场彼此弯弓月

贺新郎·读史

现代 · 毛泽东

　　人猿相揖别。只几个石头磨过，小儿时节。铜铁炉中翻火焰，为问何时猜得？不过几千寒热。人世难逢开口笑，上疆场彼此弯弓月。流遍了，郊原血。

　　一篇读罢头飞雪，但记得斑斑点点，几行陈迹。五帝三皇神圣事，骗了无涯过客。有多少风流人物？盗跖庄蹻流誉后，更陈王奋起挥黄钺。歌未竟，东方白。

[注释] 石头磨过：把石头磨成石器，石器时代是人类的"小儿时节"。人世难逢开口笑，上疆场彼此弯弓月：指人类过去的历史充满了各种苦难和战争。

图书在版编目（CIP）数据

诗画中国：最美古诗词书画日课 / 叶顶, 付青松编. —— 北京：北京联合出版公司, 2024.7

ISBN 978-7-5596-7555-2

Ⅰ.①诗… Ⅱ.①叶…②付… Ⅲ.①古典诗歌–诗歌欣赏–中国 Ⅳ.①I207.2

中国国家版本馆CIP数据核字（2024）第074496号

诗画中国：最美古诗词书画日课

叶顶　　付青松　编

出 品 人：赵红仕
责任编辑：刘　恒
特约编辑：高继书

北京联合出版公司出版
（北京市西城区德外大街 83 号楼 9 层　　100088）
北京联合天畅文化传播公司发行
北京美图印务有限公司印刷　　新华书店经销
字数 60 千字　　105 毫米×170 毫米　　1/48　　16 印张
2024 年 7 月第 1 版　　2024 年 7 月第 1 次印刷
ISBN 978-7-5596-7555-2
定价：128.00 元